Diogenes Taschenbuch 21284

de
te
be

Georges Simenon

Die schwanzlosen Schweinchen

Erzählungen
Deutsch von
Linde Birk

Diogenes

Diese Erzählungen erschienen
bis auf ›Madame Quatre und ihre Kinder‹
alle in dem französischen Sammelband
›Maigret et les petits cochons sans queue‹

Hinweis am Schluß des Bandes
Umschlagfoto: Wilfried Bauer

Deutsche Erstausgabe

80/85/36/1
ISBN 3 257 21284 4

Inhalt

Die schwanzlosen Schweinchen

Jungen Ehefrauen macht es Spaß, abgerissene Knöpfe wieder anzunähen

Bei dem Anruf um sieben Uhr konnte es keinen Zweifel geben: Marcel hatte von der Redaktion aus telefoniert. Germaine war gerade erst in dem französisch-italienischen Restaurant am Boulevard de Clichy angekommen, wo sie gewöhnlich zu Abend aßen und wo sie sich automatisch trafen, wenn sie nichts anderes ausgemacht hatten. Man hielt dort Stammplätze am Fenster für sie reserviert, und sie fühlten sich da wie zu Hause.

Sie hatte sich hingesetzt und mit einem Blick auf die Uhr festgestellt, daß es drei Minuten vor sieben war, da kam Lisette, das kleine Garderobenmädchen, auf sie zu, das sie so merkwürdig gerührt ansah, seit sie verheiratet war, und sie mit offensichtlichem Vergnügen »Madame« nannte.

»Madame Blanc ... Ihr Mann ist am Telefon ...«

Sie sagte nicht »Monsieur Blanc«. Sie sagte *ihr Mann,* und dabei schaute sie so verständnisinnig, als sei *dieser Mann* auch ein wenig *ihr* Mann.

Eine Programmänderung wahrscheinlich. Bei Marcel mußte man immer auf Programmänderung gefaßt sein. Vermutlich würde er sagen:

»Zieh dich schnell um und lege meinen Smoking bereit, wir gehen zu der und der Premiere oder zu dem und dem Empfang ...«

Wieviele Male waren sie in diesem ersten Monat ihrer Ehe abends zu Hause geblieben? Genau zweimal, sie brauchte nicht lange nachzurechnen.

»Bist du es, Marcel?«

Aber nicht er war am anderen Ende der Leitung, sondern die Telefonistin der Zeitung, deren Stimme sie gut kannte, ebenso wie diese die ihre kannte. Bevor sie den Stöpsel in die Leitung steckte, sagte die Telefonistin:

»Ich verbinde Sie mit Ihrem Mann, Madame Blanc.«

Also war er in der Redaktion. Und er hatte nichts getrunken. Denn selbst wenn er nur zwei oder drei Aperitifs getrunken hatte, bemerkte sie es an seiner Art zu sprechen, er bekam sehr schnell eine schwere Zunge. Das wirkte dann übrigens ganz charmant bei ihm. Sie sagte ihm das nie, aber sie hatte es gern, wenn er ein wenig beschwipst war und anfing zu lispeln.

»Bist du es, mein Schätzchen? Ich muß dich bitten, ohne mich zu Abend zu essen. Ich habe hier in meinem Büro John Dickson zu Gast, ja den Manager von Turner ... Er will mich unbedingt vor dem Boxkampf zum Abendessen entführen, und ich kann das schlecht ablehnen ...«

Sie hatte ganz vergessen, daß Marcel an diesem Abend noch zu einem Boxkampf wollte. Sie selbst hatte für das Boxen nichts übrig. Und außerdem war ihr schon gleich am Anfang klar geworden, daß er zu solchen Veranstaltungen, bei denen er, wie er das ausdrückte, »geschäftlich« zu tun hatte, lieber allein ging.

»Verstehst du, in diesen Kreisen verkehren allerhand zweifelhafte Typen, da kann es schon einmal vorkommen, daß mir bei einem die Hand ausrutscht.«

»Wie wirst du dir die Zeit vertreiben, mein Schätzchen? Gehst du ins Kino?«

»Ich weiß noch nicht. Ich glaube, ich werde nach Hause gehen.«

»Um halb zwölf komme ich heim, oder sagen wir spätestens gegen Mitternacht ... ich werde meinen Bericht zu Hause schreiben, dann können wir ihn zusammen zur Redaktion bringen. Oder sollen wir uns lieber in der Brasserie *Graff* treffen ...?«

»Nein, nein, lieber zu Hause ...«

Sie war nicht traurig, natürlich auch nicht gerade fröhlich. Schließlich würde sie sich ja irgendwann einmal daran gewöhnen müssen. Das brachte Marcels Beruf eben mit sich. Sie aß ganz allein. Zwei- oder dreimal, als sie den Kopf über den Teller geneigt hielt, hätte sie fast laut etwas gesagt, so sehr war es ihr zur Gewohnheit geworden, daß er ihr gegenüber saß und sie halb spöttisch, halb gerührt anlächelte.

»Einen Nachtisch, einen Kaffee, Madame Blanc?«

»Danke ... ich habe keinen Hunger mehr ...«

Als sie an einem erleuchteten Kino vorbeikam, bedauerte sie es einen Augenblick, sich damit festgelegt zu haben, nach Hause zu gehen. Dann aber hatte sie es plötzlich sehr eilig, heimzukommen, und sie machte sich fast ein Vergnügen aus ihrem Alleinsein: daraus, in ihrer Wohnung auf seine Rückkehr zu warten.

Wenn sie bisher einmal auf ihn gewartet hatte, so stets nur in irgendwelchen Bars oder Restaurants, in denen er sich mit ihr verabredet hatte. Bis jetzt hatten sie noch nicht viel Gelegenheit gehabt, ihre Wohnung wirklich auszunützen.

Sie ging die Rue Caulaincourt hinauf, die immer ruhiger und provinzieller wurde, je weiter sie sich von den Boulevards am Montmartre entfernte. Der Abend war mild, nicht zu kalt für den Monat Dezember, aber verhangen, oder vielmehr: ein sehr feiner und leichter Nebelschleier umhüllte die Lichter.

Ihr Haus stand Ecke Rue Caulaincourt und Rue Lamark in der Nähe der Place Constantin-Pecqueur. Sie sah es von ferne, erkannte den mit einem schmiedeeisernen Gitter eingezäunten Balkon im sechsten Stock, der um das ganze Haus verlief und von dem ein kleiner, mit einem Gitter abgegrenzter Teil ihr eigner Bereich war.

Warum nur empfand sie es als beruhigend, daß die Fenster der Nachbarswohnung erleuchtet waren? Vom Hausflur aus sah sie die Concierge, die dabei war, ihren Sohn zu waschen, bevor sie ihn ins Bett steckte, sie rief den beiden guten Abend zu. Es gab keinen Aufzug, das war der einzige Nachteil hier. Beim Hinaufsteigen der Treppen entdeckte sie den Lichtschein unter den Türen, hörte Geräusche aus dem Radio oder von Gesprächen am Ofen, und fast schien der Geruch dieser einzelnen Haushalte, an denen sie vorüberging, spürbar.

»Sind Sie im Besitz einer Wohnung?« hatte Marcel sie eines Tages mit jener ihm so eigentümlichen Stimme gefragt, bei der man nie wußte, ob er Spaß machte oder etwas im Ernst meinte.

Das war Ende des Sommers in Morsang gewesen, am Seineufer. Schon seit Jahren hatte Germaine mit einer ganzen Clique dort ihre Wochenenden verbracht. Eine Freundin hatte einmal Marcel mitgebracht, und der war von da an öfters gekommen.

»Ich wohne in einem möblierten Zimmer«, hatte sie geantwortet.

»Auch ich. Gefällt Ihnen das?«

»Besser als nichts, oder?«

»Nun, ich habe gerade eine Wohnung bekommen ...«

Welch ein Wunder, wirklich! Der Traum von fünftausend Parisern!

»Warten Sie, sie liegt am Montmartre. Aus allen Fenstern hat man einen schönen Blick auf Paris. Es gibt einen handtuchgroßen Balkon, auf dem man in der Sonne frühstücken kann. Wenn die Sonne scheint.«

Und er hatte hinzugefügt:

»Ich habe sie gemietet. Und jetzt suche ich eine Frau. Es ist dringend, weil ich am 15. Oktober einziehe.«

Und dann, immer noch in einem Ton, als machte er sich lustig: »Wäre das denn nichts für Sie? Schlafzimmer, Küche, Eßzimmer, Badezimmer und Balkon ...«

Es bereitete ihr jedesmal Vergnügen, auf dem Treppenabsatz mit der Hand in ihrer Tasche nach dem Schlüssel zu suchen, ebenso wie es ihr Vergnügen machte, nach dem Andrehen des Lichtschalters auf den Möbeln Gegenstände liegen zu sehen, die Marcel gehörten, eine Pfeife, einen Mantel oder im Schlafzimmer seine Pantoffeln.

»Schade, daß du nicht hier bist, mein Liebling, wir hätten einen so schönen Abend zusammen verbringen können ...«

Sie sprach halblaut vor sich hin, um sich weniger allein zu fühlen.

»Allerdings, wenn du da gewesen wärest, wären wir sicher ausgegangen.«

»Verstehst du«, sagte er im Scherz, »ich bin noch kein häuslicher Mann, aber das wird noch kommen, später, wenn ich ... ja wenn ich wie alt sein werde? ... fünfzig, siebzig?«

Sie versuchte zu lesen. Dann beschloß sie, die Kleidung in Ordnung zu bringen, hier einen Knopf anzunähen, dort einen Stich nachzunähen. Um neun schaute sie auf die Wanduhr und dachte, daß der Boxkampf in der Salle Wagram gerade jetzt begänne. Sie stellte sich den Ring, das grelle Licht, die Menschenmenge, die Boxer und Marcel am Journalistentisch vor.

Um halb elf war sie noch immer am Nähen, als sie plötzlich hochfuhr: gellendes Schrillen erfüllte die Wohnung. Es war das Schrillen des Telefons, an das sie sich noch nicht gewöhnt hatte, weil die Leitung erst vor einer Woche gelegt worden war.

»Bist du es, mein Schätzchen?«

Und sie dachte daran, daß dies das erste Mal war, daß Marcel sie zu Hause anrief. Tagsüber war sie in ihrem Laden am Faubourg Saint-Honoré bei den Schwestern Corot, und er rief sie dort an, ja, nach

Meinung der beiden Demoiselles Corot sogar ein wenig zu häufig.

»Was machst du?«

»Ich nähe.«

Warum nur runzelte sie die Stirn? Irgend etwas an diesem Telefonanruf kam ihr merkwürdig vor, aber sie wußte nicht, was. Er hatte auch jetzt nichts getrunken, und dennoch war seine Stimme nicht so klar wie gewöhnlich. Er schien irgendwie gehemmt, wie immer, wenn er sich zum Lügen veranlaßt sah.

»Du bist ein so schlechter Lügner! ...« hatte sie oft zu ihm gesagt.

»Ich wollte dir nur mal guten Abend sagen ...« murmelte er. »Der Entscheidungskampf fängt gleich an ... Es sind sehr viele Leute hier ... Du kannst sie wahrscheinlich sogar hören ...«

Nein, es kam ihr nicht so vor, als hörte sie die Geräusche eines mit erregten Zuschauern vollbesetzten Saales.

»Ich hoffe immer noch, daß ich vor Mitternacht nach Hause komme ... Hallo ... Warum sagst du nichts?«

»Ich höre dir zu ...«

»Bist du schlecht gelaunt?«

»Nein, nein ...«

»Langweilst du dich?«

»Aber nein, mein Liebling ... Du brauchst dich wirklich nicht zu beunruhigen ...«

»Ich beunruhige mich nicht. Sag mal ...«

Sie merkte, daß er nun mit dem eigentlichen Anlaß seines Anrufs herausrücken wollte.

»Wenn ich je etwas später kommen sollte ...«

»Glaubst du, es wird später?«

»Nein ... aber du weißt ja, wie es manchmal geht ... Es kann immer vorkommen, daß ich mit den Veranstaltern ein Glas trinken muß ...«

»Sehr spät?«

»Nein, nein ... Bis nachher ... Küßchen ...«

Brav küßte sie ihn durchs Telefon zurück. Dann wollte sie gerade anfangen zu sprechen:

»Marcel, ich ...«

Aber er hatte schon eingehängt, und sie war ganz allein in ihrer Wohnung, wo Wäsche und Kleider rings um sie verstreut lagen.

Konnte sie, weil die Telefonistin die Verbindung hergestellt hatte, sicher sein, daß der erste Telefonanruf aus der Redaktion gekommen war, so zweifelte sie immer mehr daran, daß der zweite Anruf, derjenige um halb elf, tatsächlich aus der Salle Wagram erfolgt war.

Um elf Uhr hatte sie ihre Sachen wieder in die Schränke geräumt. Sie suchte nach einer Beschäftigung. Als sie gerade zu einem Buch greifen wollte, fiel ihr Blick zufällig auf Marcels Kamelhaarmantel, der auf einem Sessel lag, und sie erinnerte sich, daß sie vor einigen Tagen einen halbabgerissenen Knopf daran bemerkt hatte. Da dies in der Stadt gewesen war, hatte sie ihn nicht sogleich angenäht.

Jetzt mußte sie über diese Knopfgeschichte lächeln, denn es kam ihr dabei eine Erinnerung.

Marcel legte sehr großen Wert auf sein Äußeres und kleidete sich sogar ein klein wenig zu auffallend. Ihm gefielen helle Töne, Krawatten in lebhaften Farben. Eines Sonntagmorgens in Morsang hatte sie bemerkt:

»Sie haben einen Knopf an Ihrer Jacke verloren ...«

»Ich habe ihn nicht verloren. Er ist in meiner Tasche ...«

»Dann geben Sie ihn mir, damit ich ihn Ihnen wieder annähe ...«

Das war noch lange, bevor er ihr etwas von der Wohnung erzählt hatte. Dennoch hatte er gesagt: »Was das erst geben wird, wenn Sie einmal verheiratet sind!«

»Warum?«

»Das ist eine Bemerkung, die ich jedesmal mache, wenn sich einer meiner Freunde verheiratet: Ich sage, jungen Ehefrauen macht es Spaß, ihren Männern abgerissene Knöpfe wieder anzunähen. Ja, ich habe sie sogar im Verdacht, daß sie sie absichtlich abreißen, um sie wieder annähen zu können. Und wenn Sie dieses Laster schon *vorher* haben ...«

Sie lächelte also, während sie den Kamelhaarmantel über ihre Knie ausbreitete. Sie fädelte ein, und als sie gerade mit Nähen anfangen wollte, fühlte sie in der Tasche einen ungewöhnlich großen Gegenstand.

Es wäre ihr nie in den Sinn gekommen, in Marcels Taschen zu wühlen. Sie war nicht eifersüchtig. Vielleicht würde sie es sogar niemals werden, so großes Vertrauen hatte sie in ihn und vor allem in sein zärtliches, jungenhaftes Lächeln.

Der Gegenstand war hart und fühlte sich nicht so an wie die Dinge, die man gewöhnlich in die Tasche steckt. Ohne Neugier, eher aus Ordnungssinn zog sie es heraus.

Und als sie nun das Seidenpapier ablöste und den Gegenstand auspackte, erstarrte sie. Während eines langen Augenblicks saß sie wie gelähmt da und sah entsetzt auf ein rosiges kleines Porzellanschwein.

Es war halb zwölf, das hatte sie gerade mit einem Blick auf die Wanduhr festgestellt. Das kleine rosa Schwein lag vor ihr auf dem Tisch. Der Mantel war auf den Teppich geglitten. Fieberhaft wählte sie immer wieder dieselbe Telefonnummer, aber am andern Ende der Leitung ertönte jedesmal das Belegtzeichen.

Ihre Finger verkrampften sich, als ginge es nicht nur um Leben oder Tod, sondern auch um Sekunden. Pausenlos versuchte sie, Anschluß zu bekommen. Dann stand sie auf, blätterte im Telefonbuch, um zu prüfen, ob sie sich vielleicht geirrt hatte.

Als er sie um halb elf angerufen hatte, konnte der Entscheidungskampf gerade erst angefangen haben. Wie lange dauert gewöhnlich ein Schwergewichtsboxkampf? Das kommt darauf an. Und anschließend? Gingen die Leute immer gleich weg? Verließen auch die Veranstalter sofort den Saal?

»Hallo, Salle Wagram?!!!«

»Ja, Madame.«

»Sagen Sie, Monsieur ... Ist die Veranstaltung zu Ende ...?«

»Schon seit einer halben Stunde ...«

»Und sind alle Leute weggegangen? Mit wem spreche ich bitte?«

»Mit dem Elektromeister ... Es sind noch mehrere Herren hier ...«

»Könnten Sie sie bitte fragen, ob Monsieur Marcel Blanc ... Ja, ja, Blanc ... der Journalist, ja ... Wollen Sie sie fragen, ob er sich bei ihnen befindet? ... Er unterhält sich vermutlich mit den Veranstaltern ... Es ist sehr wichtig ... Ich bitte Sie ganz dringend, ihn für mich zu suchen ... Hallo ... Ja, wenn er dort ist, schicken Sie ihn bitte an den Apparat.«

In der plötzlichen Stille, die nun eintrat, während sie am Apparat wartete, bedauerte sie schon, daß sie sich so in Panik hatte versetzen lassen und Marcel störte. Was sollte sie ihm überhaupt sagen?

Vielleicht kam er sogar gerade jetzt nach Hause, während sie noch am Apparat wartete. Man hörte Schritte im Treppenhaus, nein, sie endeten im vierten Stock. Wenn er sofort ein Taxi genommen hätte? ... Marcel wartete nicht gern auf den Bus; und auch Metro fuhr er gar nicht gern ... Er war immer schnell dabei, ein Taxi zu rufen ...

»Hallo ... Wie bitte ...? Ist er nicht mit diesen Herren zusammen? Wissen Sie nicht, ob ...«

Man hatte eingehängt. Wieder diese Leere. Und das rosa Schweinchen lag da auf dem Tisch, ein kleines Porzellanschwein, dem der *Schwanz fehlte*.

»Hör mal, Marcel, du mußt mir sagen ...«

Aber Marcel war ja nicht da. Sie war allein und hatte plötzlich Angst vor diesem Alleinsein, so große Angst, daß sie zur Balkontür ging und sie öffnete.

Draußen herrschte graublaue Nacht, die nassen Dächer, die Kamine, die tiefen Einschnitte der von Straßenlaternen gesäumten Straßen ließen sich klar unterscheiden, und weiter unten glitzerten die Boulevards am Montmartre, Place Blanche, Place Pigalle, das Moulin-Rouge, tausend Nachtlokale, von denen ein phosphoreszierender Nebel aufstieg.

Taxis fuhren die Rue Caulaincourt herauf, und die Fahrer mußten wegen der Steigung schalten. Bei jedem Taxi hoffte sie, daß es anhalten, daß Marcel aussteigen würde und sie ihn an seiner lässig dem Chauffeur zugewandten Gestalt erkennen würde, bevor er den Kopf zu ihren Fenstern hob. Auch Busse mit silberglänzendem Dach hielten genau vor dem Haus, es stiegen jeweils zwei oder drei Personen aus, die sich den Mantelkragen hochschlugen und davoneilten.

»Es darf nicht wahr sein, Marcel ...«, sagte sie halblaut.

Plötzlich fühlte sie sich in ihrer Hauskleidung nicht mehr wohl, sie hatte sich beim Heimkommen wie gewohnt ausgezogen. Nun stürzte sie ins Schlafzimmer und griff nach dem erstbesten Wollkleid. Ein Kleid, das im Rücken geknöpft wurde. Ein Kleid, das Marcel ihr gewöhnlich zuknöpfte, während er ihr dabei kleine Küsse auf den Nacken gab.

Wovor hatte sie eigentlich Angst? Das kleine Porzellanschwein steckte vielleicht schon seit Tagen oder Wochen in der Manteltasche. Wann hatte Marcel dieses Kleidungsstück zum letztenmal getragen? Er besaß nur zwei Mäntel. Sie hätte sich erinnern müssen. Sie liebte ihn. Hundertmal am Tag sah sie ihn heimlich an, bewunderte ihn, betrachtete seine Gestalt, nahm eine seiner Gesten wahr, die ihr gefiel, zum Beispiel einfach die Geste, mit der er seine Zigarette ausdrückte.

Sie hatten noch zusammen zu Mittag gegessen, nicht in dem *französisch-italienischen* Restaurant, wo sie nur abends hingingen, sondern in der Nähe der großen Boulevards, bei *Mère Cathrine.* Sie konnte beim besten Willen nicht sagen, wann er seinen Kamelhaarmantel zum letztenmal getragen hatte!

Jedenfalls vor weniger als acht Tagen, denn sie hatte ihn in der vergangenen Woche aus der Reinigung abgeholt.

Und sie hatte sich nun eingebildet, ganz genau zu wissen, was er den lieben langen Tag trieb! Er erzählte ihr immer alles, sogar die Witze, die in der Redaktion kursierten! Er rief sie mehrmals täglich an. Sie trafen sich auch tagsüber. Wenn er nur eine freie Minute hatte, kam er schnell auf einen Sprung bei ihr im Geschäft vorbei.

Sie war wieder auf den Balkon hinausgetreten, noch immer sehr erregt. Plötzlich erblaßte sie aufs neue.

»Du warst noch nie zum Wintersport in den Bergen, stimmt's?«

Einmal war sie doch in Mégève gewesen, aber nur als Verkäuferin, denn die Schwestern Corot hatten dort während der Saison eine Filiale.

»Würde dir das nicht einmal gefallen? Könntest du zwei Wochen Urlaub bekommen? Ich müßte nur ein einziges gutes Geschäft machen, dann könnten wir gemeinsam losziehen ...«

Warum hatte sie da keine Einwände erhoben? Sie hatte begeistert zugestimmt, aber eigentlich nur, weil sie sowieso nicht glaubte, daß etwas daraus würde. Er machte die verrücktesten Pläne, einer kostspieliger als der andere, so als hätte Geld überhaupt keine Bedeutung, dabei verdiente er seinen Lebensunterhalt doch nur mit Artikelschreiben.

Hatte sie nicht einmal zu ihm gesagt:

»Du bist dazu geboren, reich zu sein. Du hast auf alles Lust ...«

»Es ist vor allem deinetwegen ...«, hatte er in einem ziemlich ernsten Ton gesagt, den man sonst nicht an ihm gewohnt war. »Seit ich dich kenne, möchte ich wahnsinnig gern ein Auto haben.«

»Kannst du fahren?«

»Früher habe ich einmal ein Auto gehabt ...«

Sie hatte nicht gewagt zu fragen, wann das gewesen war. Im Grunde wußten sie kaum etwas voneinander, außer daß sie sich liebten. Ihre Heirat war eine Art Spiel, eine Art köstliches Spiel gewesen.

»Leben deine Eltern noch?«

»Mein Vater ...«

Als käme etwas anderes nicht in Betracht, sagte er überzeugt:

»Der lebt natürlich in der Provinz ... Aber du bist ja volljährig. Ich dagegen habe niemanden mehr ... Kümmere dich um deine Papiere ... Wir werden im Rathaus des IX. Arrondissements heiraten.«

Denn im IX. Arrondissement, in der Nähe des Square Saint-George, hatte Germaine vor ihrer Heirat ein möbliertes Zimmer gehabt. »Ist dieses Rathaus auch nicht allzu häßlich? Andererseits, für die kurze Zeit, die wir uns dort aufhalten ...«

Ein Taxi ... Nein. Es fuhr weiter. Sie ging zurück in die Wohnung, um auf die Uhr zu schauen. Es war Mitternacht vorbei, und jetzt kamen nur noch ganz wenige Passanten vorüber, deren Schritte noch lange im Labyrinth der Straßen nachhallten.

»Ich hätte dir schon vor drei Jahren begegnen müssen.«

»Warum?«

»Weil man als junger Mensch seine Zeit verplempert ...«

Unglaublich, wieviel kleine Sätze dieser Art, denen sie vorher keine Bedeutung beigemessen hatte, ihr jetzt einfielen. Sogar seine Heiterkeit erschien ihr plötzlich in einem andern Licht. Er konnte überschwenglich sein, was bei ihm nie aufgesetzt wirkte, sondern Ausdruck seiner natürlichen Fröhlichkeit war. Dennoch ging von seinem Blick gleichzeitig eine tiefe Ruhe aus.

»Du wirst sehen, daß ich nicht so ein schlechter Kerl bin ...«

»Warum solltest du denn schlecht sein?«

Dann lächelte oder lachte er oder küßte er sie.

»Im Grunde bin ich natürlich wie alle anderen ... Gut und Böse ist bei mir stark vermischt, so stark vermischt, daß ich mich manchmal selber nicht damit auskenne.«

Wenn er doch käme! Wenn er doch hier wäre, wenn er aus einem Taxi stiege, oder um die Ecke böge, wenn sie doch seine Schritte im Treppenhaus hören würde!

Warum hatte er um halb elf telefoniert und dabei so gehemmt gesprochen, als habe er ihr zum erstenmal etwas zu verbergen? Es war ein Fehler gewesen, in der Salle Wagram anzurufen. Ihr wurde jetzt klar, daß sie ihn damit in ernsthafte Schwierigkeiten gebracht haben konnte. Hatte sie dem Elektromeister eigentlich gesagt, daß sie Marcels Frau war? Sie konnte sich nicht mehr genau erinnern.

Nein, nein! Unmöglich! Warum sollte auch ausgerechnet an diesem Abend etwas passieren?

Warum aber hatte Marcel gerade jetzt vom Wintersport gesprochen und sogar davon, ein Auto zu kaufen? Welches gute Geschäft konnte er sich denn erhofft haben? Gelegentlich hatte er sich neben seinen Sportberichten um irgendwelche Werbeverträge bemüht, mit denen er zehn Prozent des Absatzes kassierte. Ein paar Tausend Francs, mehr kam dabei nicht heraus.

Sie trat wieder aufs Telefon zu. Nein, lieber nicht. Dann ging sie wieder auf den Balkon hinaus. Inzwischen fiel vom tief hängenden Himmel feiner, sanft, sehr gedämpft rauschender Regen, der dem nächtlichen Panorama von Paris eine intimere Atmosphäre verlieh. Warum nur kam Marcel nicht nach Hause?

Das Telefon ... Wieder und wieder ging sie zum Telefon, zögerte noch immer, schließlich nahm sie den Hörer ab ...

»Hallo ... Fernamt? Mademoiselle, verbinden Sie mich bitte mit Joinville 147 ...«

Sie hatte diese Nummer nicht im Telefonbuch nachzuschlagen brauchen. Am anderen Ende der Leitung klingelte es sehr lange, und aus einem unerfindlichen Grund entstand der Eindruck, als ertönte der Widerhall in einem großen leeren Haus.

»Es meldet sich niemand ...«

»Bitte versuchen Sie weiter, Mademoiselle ... Es ist ganz sicher jemand zu Hause ... Er schläft wahrscheinlich um diese Uhrzeit ... Bitte geben Sie noch nicht auf.«

Das Klingeln ... Gleichzeitig horchte sie auf die Geräusche im Treppenhaus, draußen auf der Straße, auf das Bremsen der Taxis, der Busse ...

»Hallo ... Hier ist Germaine ... Hast du schon geschlafen? ... Hast du wirklich geschlafen? ... Bist du allein?«

Ihre Gesichtszüge waren plötzlich hart und streng geworden.

»Entschuldige, daß ich dich aufgeweckt habe ... Wie bitte? ... Deine Gicht? ... Verzeih, das wußte ich nicht ... Nein, nein, nichts ...«

Die Stimme am anderen Ende der Leitung klang mürrisch: die Stimme eines Mannes, der einen Gichtanfall hatte und der gezwungen worden war, sich vom Bett zu erheben und im Pyjama eine Treppe hinunterzugehen.

»Ich brauche ganz dringend eine Auskunft von Dir ... Sag mir bitte ehrlich, ob du einen Marcel Blanc kennst ...«

Darauf die andere Stimme wütend:

»Ich dachte, Familiennamen werden nicht ausgesprochen ...«

»Es muß aber sein ... Hast du gehört? ... Marcel ...«

»Na und?«

»Kennst du ihn?«

Pause.

»Du mußt mir sofort antworten. Es ist sehr wichtig ... Es ist das letztemal, daß ich dich um etwas bitte ... Kennst du ihn?«

»Wie sieht er aus?«

»Fünfundzwanzig Jahre alt ... hübscher Junge ... dunkelhaarig, elegant ...«

Da fiel ihr etwas ein:

»Er trägt häufig einen hellen Kamelhaarmantel ...«

Der Mann am andern Ende der Leitung blieb stumm.

»Kennst du ihn?«

»Und du?«

»Das tut nichts zur Sache. Antworte, kennst du ihn?«

»Wozu willst du das wissen?«

»Einfach so ... ich muß es wissen ... Ja, du kennst ihn, stimmt's?«

Sie vermeinte, jemanden die Treppe heraufkommen zu hören, aber es war nur eine Katze, die auf einer Strohmatte miaute.

»Du kannst ja hier vorbeikommen ...«

»Häng nicht ein ... Warte ... Ich möchte nur wissen, ob das heute läuft ...«

»Was?«

»Verstehst du nicht?«

»Bist du denn nicht verheiratet ...«

»Darum geht es ja gerade ... Er ist ...«

Sie konnte sich nicht zurückhalten zu sagen:

»Er ist mein Mann.«

Warum bildete sie sich ein, der Mann am anderen Ende der Leitung zuckte nur mit den Achseln? Sein einziger Kommentar war:

»Geh schlafen ...«

Alles Weiterreden nützte ihr nichts, der Gesprächspartner in Joinville, Nummer 147, hatte eingehängt.

Halb zwei Uhr morgens, und Marcel war noch immer nicht zu Hause. Das schwanzlose Schweinchen glänzte rosig auf dem Tisch neben der geöffneten Nähschatulle. Der Kamelhaarmantel lag noch immer auf dem Teppich.

Der Porzellanschweinchenhändler

Vier Uhr. Nur ein einziges all der Fenster, die man vom Balkon aus sah, war noch erleuchtet, hin und wieder tauchte hinter dem Vorhang eine Gestalt auf, wahrscheinlich jemand, der einen Kranken pflegte.

Marcel war nicht nach Hause gekommen. Marcel hatte nicht telefoniert, er hatte überhaupt nichts von sich hören lassen. Als der große Zeiger der Wanduhr genau senkrecht stand, entschloß sich Germaine wieder zu einem Telefonanruf.

»Hallo ... Bist du das, Yvette? ... Hast du noch geschlafen, Ärmste? ... Sei mir nicht böse ... Hier ist Germaine ... Ja ... Kannst du mir einen großen Gefallen tun? ... Was sagst du?«

Das Mädchen am anderen Ende der Leitung hatte nur murmelnd gefragt:

»Fängt das jetzt schon an?«

Sie war ebenfalls Verkäuferin bei den Schwestern Corot, vierundzwanzig Jahre alt, riesengroß, plump und wirklich nicht gerade mit Schönheit gesegnet. Sie wußte das genau und machte sich keine Illusionen, gleichzeitig gelang ihr das Wunder, für alle die fröhlichste und freundlichste Kumpanin zu sein.

»Zieh dir schnell irgend etwas über. Um Zeit zu sparen, bestelle ich dir telefonisch ein Taxi, komm bitte sofort hierher ...«

Dieses »Fängt das jetzt schon an?« war ihre einzige Äußerung von Erstaunen oder Neugier gewesen. Eine Viertelstunde später hielt ein Taxi an der Straßenecke, und das große Mädchen stieg die Treppe hinauf. Germaine öffnete ihr die Tür.

»Du hast dich wahrscheinlich gewundert ...«

»So was kommt schon mal vor, meine Liebe.«

»Marcel ist nicht hier.«

»Das habe ich mir gedacht. Sonst hättest du mich ja nicht gerufen ...«

»Ich werde es dir später erklären, oder vielmehr, ich sage dir ganz offen, daß dies Dinge sind, die ich überhaupt nicht erklären kann, nicht einmal dir ...«

»Wo soll ich ihn denn suchen? Soll ich ihm sagen, daß du krank bist oder daß du dir eine Kugel in den Kopf geschossen hast?«

»Du bleibst hier ... ich gehe weg ... Du mußt nur auf das Telefon achten. Wenn jemand anruft, so schreib genau auf, was er sagt ... Wenn Marcel anruft, so sag ihm, wer du bist ... er kennt dich. Sag ihm dann, daß ich weggegangen sei, aber bald zurückkäme ... Und falls er heimkommt, so sag ihm dasselbe: daß ich mir Sorgen gemacht und mich auf die Suche nach ihm begeben hätte ...«

»Halb fünf ...«, sagte das große Mädchen. »Da lohnt es sich nicht, daß ich mich noch einmal ausziehe ... Kann ich mich auf das Sofa legen? Hast du nichts zu trinken? ...

»Es muß noch eine Flasche Cognac im Wandschrank stehen ...«

Germaine war schon an der Tür. Kurz darauf stieg sie in das Taxi, das auf sie gewartet hatte.

»Nach Joinville ... Fahren Sie am Marneufer entlang ... Ich sage Ihnen dann, wo Sie halten sollen ...«

Seit sie nicht mehr nur wartete, sondern etwas unternahm, fühlte sie sich ruhiger, klarer im Kopf. Sie sprach noch immer halblaut: die Angewohnheit einer Frau, die lange Zeit allein gelebt hat. Die Straßen waren menschenleer, nur einige Gemüse-Lastwagen fuhren in Richtung Les Halles. Das Taxi brauchte weniger als eine halbe Stunde nach Joinville, kurz darauf ließ Germaine es vor einer großen alleinstehenden Villa am Flußufer halten.

»Warten Sie auf mich ...« Sie klingelte. Sie wußte, daß es lang dauern würde. Sie mußte mehrmals klingeln, bis sie gedämpfte Schritte hinter der Tür hörte oder diese vielmehr erahnte. Es war ihr klar, daß sie zuerst durch den Spion gemustert würde. Sie begann die Geduld zu verlieren. Es regnete, an den Schultern war sie schon ganz durchnäßt.

»Ich bin es«, sagte sie. »Mach auf.«

Aber ihr Vater hinter der Tür brummte nur mürrisch:

»Ach, geh doch zum Teufel ...«

Dennoch öffnete er. Nachdem er die Haustür von innen wieder geschlossen hatte, drehte er das Licht an und stieß rechts eine Tür auf, die in einen großen staubigen, ungeheizten Salon führte, in dem man sofort von feuchter Kälte eingehüllt wurde und wo es nach Schimmel und verbrauchter Luft roch.

»Ist er nicht nach Hause gekommen?« fragte er, zog seinen Schlafrock enger zusammen und ließ sich in einen alten Sessel fallen.

»Wenn er nach Hause gekommen wäre, wäre ich ja nicht hier.«

Der Mann war ein Koloß mit kupferrotem Teint und dicken Tränensäcken unter den Augen. Von Zeit zu Zeit griff er sich an sein von der Gicht angeschwollenes Bein, das ihm weh tat. Er sah seine Tochter halb neugierig, halb ironisch und schadenfroh an.

»Jetzt hat es dich schön erwischt, wie? Was bist du auch so aufs hohe Roß gestiegen ... Wenn ich bedenke, was du mir alles erzählt hast ...«

»Ich bin hierhergekommen, um ernsthaft mit dir zu reden ... Du kennst also Marcel!«

»Ich kenne ja *nicht nur einen* Marcel ... Wenn du geruht hättest, mir den Namen des Mannes mitzuteilen, den du geheiratet hast, anstatt mich eine Blankoeinwilligung unterschreiben zu lassen ... Was ist ihm denn passiert, deinem Mann ...? Hat man ihn verknackt?«

Sie machte gar nicht erst den Versuch, ihm zu trotzen, sondern murmelte nur:

»Ich weiß es nicht ... Er ist noch nicht nach Hause gekommen ... Ich habe zufällig in seiner Tasche eines deiner kleinen Schweine gefunden ... Wann war er bei dir?«

Der Mann, den alle Monsieur François nannten, verbrachte nur seine Nächte und die Sonntage in der großen Villa aus Ziegelsteinen in Joinville. Nahe bei der Kirche Notre-Dame-de-Lorette mitten in Paris, nur zwei Schritte vom Versteigerungshaus Drouot entfernt, besaß er ein großes Antiquitätengeschäft, das allerdings mehr wie eine Rumpelkammer aussah, und wo man alles mögliche finden konnte: alte Sessel, Kästchen, vergilbte Drucke, mehr oder weniger authentische Gemälde und Chinoiserien aus Jade oder Elfenbein.

All dies war wie das Haus in Joinville staubig, altmodisch, und der Besitzer, Monsieur François, trug stets einen überweiten fleckigen Anzug mit abgewetzten Ellbogen und speckigem Kragen.

»Vor drei oder vier Tagen«, antwortete er.

Im Hintergrund seines Geschäftes standen auf einem Regal stets einige schwanzlose Schweinchen derselben Art wie jenes, dessen Anblick Germaine so erschreckt hatte, und im Hinterzimmer gab es davon eine ganze Kiste voll.

Anfangs waren es tausend Stück dieser kleinen Porzellanschweine gewesen, die alle gleich aussahen und denen allen das für Schweine charakteristische lustige Ringelschwänzchen fehlte.

Vor Jahren einmal hatte ein Handelsreisender das Geschäft betreten und eine dieser Nippesfiguren aus der Tasche gezogen.

»Das ist echtes Limoges-Porzellan«, hatte er erklärt. »Es gibt tausend Stück davon, alle gleich. Ich brauche Sie nicht erst auf die zarte Farbgebung hinzuweisen, denn Sie sind ja ein Kenner. Diese Figuren wurden für einen großen Exportauftrag hergestellt ... Und was, glauben Sie, ist passiert? Was hat der Künstler vergessen? Wie ist das keinem Menschen beim Abguß und dann beim Brennen aufgefallen? Jedenfalls hat man, als die Partie hergestellt war, bemerkt, daß diese kleinen Schweinchen alle keinen Schwanz hatten ... Nun, Monsieur François, ob Sie es glauben oder nicht, auf diese Weise waren sie unverkäuflich ... ich biete Ihnen die ganze Partie an, die tausend Schweinchen ... Nennen Sie mir einen Preis ...«

Monsieur François hatte eine lächerliche Summe genannt, und am nächsten Tag waren ihm die Kisten geliefert worden. Ein Jahr darauf hatte er noch nicht einmal zwei Exemplare verkauft, denn jedesmal, wenn er einem Kunden die Nippesfigur in die Hand legte, sagte dieser prompt:

»Schade, daß der Schwanz abgebrochen ist ...«

»Er ist nicht abgebrochen. Er war überhaupt nie dran ...«

Und dennoch verschwanden die Schweinchen eines nach dem andern aus dem Laden. Oder besser gesagt: die Personen, die sie mitnahmen, verhandelten nicht lange über den Preis, stöberten nicht im Geschäft herum, sondern sie fragten sofort, wenn sie hereinkamen:

»Haben Sie kleine Porzellanschweine?«

Dann geschah etwas noch Merkwürdigeres: Wenn der Kunde nach dem Preis fragte, überlegte Monsieur François länger als sonst üblich und nannte dann fast jedesmal eine andere Zahl, etwa »Zweiundzwanzig Francs ...«

Oder einundzwanzig, oder dreiundzwanzig, selten

eine Zahl unter zwanzig. Einmal aber hatte er zum Beispiel einfach gesagt: »Einen Franc.«

Zweiundzwanzig Francs, das bedeutete zweiundzwanzig Uhr, also zehn Uhr abends. Ein Franc hieß ein Uhr früh. Und damit meinte Monsieur François, daß er seinen Gesprächspartner um diese Uhrzeit in seiner Villa in Joinville erwartete.

Es gab nicht viele Eingeweihte. Es waren fast immer dieselben Leute, meist junge, gut gekleidete Männer. Einige von ihnen kamen mit dem Auto, das sie am Straßenrand stehen ließen, aber es gab auch ein paar zerlumpte Gestalten unter ihnen, bei denen man sich fragen konnte, weshalb sie wohl so überflüssige Dinge wie kleine Porzellanschweine kauften.

Mit dieser Methode fiel Kunden, die sich gerade im Laden befanden, nichts Verdächtiges auf. Und andererseits brauchte auch ein Unbekannter, der zum erstenmal vorsprach, keine weiteren Referenzen: verlangte er ein kleines Schwein, so bedeutete dies, daß eine zuverlässige Person ihn geschickt hatte, und Einzelheiten konnten in Joinville besprochen werden.

»Hat er dir etwas gebracht?« fragte Germaine und sah ihren Vater, der sein krankes Bein rieb, hart an.

»Diesmal nicht ...«

Das war vor drei oder vier Tagen gewesen. Und vor fünf oder sechs Tagen hatte Marcel zum erstenmal über Wintersport geredet.

»Was hat er hier gewollt?«

»Das was alle wollen, wenn sie im Dreck stecken ... Geld ... Wenn sie heiße Ware haben, sind alle lammfromm und akzeptieren meinen Preis ohne lange Diskussion ... Wenn sie dann aber Aufwind bekommen, kehren sie wieder und schlagen einen ganz anderen Ton an ... Du kennst ja die alte Leier: ›Sie haben genug Geld mit mir verdient ... Auch das letztemal haben Sie mich wieder hereingelegt ... Sie können mir ruhig einige Tausender vorstrecken, bis ich meinen Coup lande.‹

Und dann reden sie von irgendwelchen sensationellen Coups, von ganz besonderen Gemälden, von Renoirs, Cézannes, wenn nicht gar von alten Meistern.

›In acht Tagen, in fünf Tagen bringe ich sie Ihnen ... Ich muß nur eine günstige Gelegenheit abwarten, verstehen Sie? ... Das liegt ebenso in Ihrem Interesse wie in meinem, denn das große Geld dabei machen ja Sie ...‹«

Monsieur François sprach mit müder und verächtlicher Stimme. »Alle gleich!« seufzte er. »Sie bilden sich ein, ich sei geizig. Ich frage mich sogar, warum nicht einer von ihnen auf die Idee gekommen ist, mir den Schädel einzuschlagen und meinen Kies zu stehlen ... Denn sie bilden sich ein, daß ich den großen Zaster habe und darauf schlafe, daß meine Matratze mit Geldscheinen oder Goldstücken gespickt ist ...«

Er war tatsächlich nicht geizig. Germaine wußte das; sie wußte es vielleicht als einziger Mensch auf der Welt. Er war nicht geizig, sondern er hatte eine Manie.

Diese Gemälde, diese wertvollen Gegenstände, die irgendwelche Trottel, wie Monsieur François sie verachtungsvoll nannte, für ihn in Villen und Prachtwohnungen stahlen, gab er nur in ganz seltenen Fällen weiter, etwa dann, wenn es sich um zweifelhafte oder zweitrangige Stücke handelte.

Allgemein wurde angenommen, diese Kunstwerke landeten in Amerika, in Wirklichkeit aber blieb der größte Teil von ihnen in der Villa in Joinville, wo der alte Mann sie abends ganz allein betrachtete.

»Und hast du ihm Geld gegeben?«

»Nein.«

»Was hast du zu ihm gesagt?«

Sie kannte ihren Vater. Gerade weil sie ihn kannte, hatte sie sich, als sie gerade zwanzig Jahre alt war, eines Tages endgültig von ihm getrennt.

Einmal war wegen dieser Passion des alten Antiquitätenhändlers ein Mensch umgekommen, ein zweiundzwanzigjähriger Junge. Auch er hatte eines dieser kleinen schwanzlosen Schweine gekauft, gewiß nicht sein erstes. Dann hatte er sich in diesem Raum hier eingefunden, in dem nicht ein einziges Kunstwerk zu sehen war, nur häßlich schwarzgerahmte Lithographien hingen an den Wänden. Wer hätte auch gedacht, daß man die Meisterwerke hier im Keller suchen mußte?

Germaine hatte damals zufällig das Gespräch der beiden mit angehört.

»Nur zweitausend ...«, hatte der junge Mann gebettelt. »Ich schwöre Ihnen, daß ich das Geld *ganz dringend* brauche ... Meine Freundin ist krank und muß operiert werden ... Ich möchte sie nicht ins Armenspital einweisen lassen, verstehen Sie?«

Ihr Vater hatte nur seufzend gefragt: »Was hast du mir das letzte Mal gebracht?«

»Einen kleinen Monticelli, das wissen Sie doch genau ... Sie haben mir bestenfalls den Rahmen bezahlt ... ich habe mich inzwischen erkundigt, und ich weiß genau, daß er mindestens hunderttausend Francs wert ist ...«

»Ja, aber nur, wenn du ihn verkaufen kannst, ohne dich dabei erwischen zu lassen. Du mußt verstehen, mein Junge, auch ich bin ein armer Mann ... Bring mir etwas her, und ich werde dir dafür den angemessenen Preis bezahlen ... Ich bin nicht so reich, um den Menschenfreund spielen zu können ...«

»Aber es geht doch nur um einen Vorschuß ...«

»Einen Vorschuß worauf?«

»Auf das, was ich Ihnen in den nächsten Tagen bringen werde ...«

»Hast du ein Ding in Aussicht?«

Ganz offensichtlich nicht. Der Junge zögerte, lief rot an.

»Ja, wenn du mir einen Manet bringen würdest ... auch nur einen ganz kleinen ...«

Zu jenem Zeitpunkt hatte Monsieur François gerade eine besondere Leidenschaft für Manet. Das wechselte bei ihm immer.

»Wo gibt es denn welche?«

»Ich weiß nicht ..., wahrscheinlich überall ... Natürlich hängen welche in den Galerien, aber da ist es schwierig ...«

»Die Galerien werden auch nachts bewacht ... außerdem gibt es ein elektrisches Warnsystem und eine ganze Reihe von neuen Apparaten ...«

»Letzte Woche hat ein Bankier ein Gemälde ersteigert, das mir gefallen würde ...«

»Wie heißt der?«

»Lucas-Morton ... Aber ich will nichts gesagt haben ...«

»Wenn ich Ihnen seinen Manet brächte, wieviel würden Sie mir dafür geben?«

»Ich würde bis zwanzigtausend gehen ... sagen wir dreißigtausend ...«

Zwei Tage darauf las man in der Morgenzeitung, daß ein zweiundzwanzigjähriger Einbrecher auf dem Besitz Monsieur Lucas-Mortons in Versailles vom Nachtwächter niedergeschlagen worden war, als er versuchte, in die Galerie einzudringen.

»Hast du das gelesen?«

Er hatte den Artikel ohne jede Gemütsbewegung gelesen.

»Macht dir das nichts aus?«

»Ich habe doch damit überhaupt nichts zu tun, oder?«

Sie hätte ihm allzuviel zu sagen gehabt, aber sie hatte lieber geschwiegen. Sie war weggegangen, und nachdem sie einen Monat lang einen Arbeitsplatz gesucht und an hundert Türen geklopft hatte, eine Anstellung als Verkäuferin bei den Schwestern Corot gefunden.

Sie hatte ihren Vater nur ein einziges Mal wiedergesehen, und zwar in seinem Laden.

»Unterschreib das ...«, hatte sie zu ihm gesagt und ihm ein Papier entgegengestreckt.

»Was ist das?«

»Die Einwilligung zu meiner Heirat.«

»Mit wem?«

»Das tut nichts zur Sache ...«

Er hatte den Kopf gesenkt, unterschrieben und seufzend hinzugefügt:

»Wie du willst.«

Er hatte ihr nachgesehen, als sie das Geschäft verließ, doch sie hatte sich nicht mehr umgewandt und die Erschütterung in seinem Gesicht nicht bemerkt.

Jetzt behandelte sie ihn eiskalt und hart. Wie ein Richter fragte sie ihn:

»Was hast du noch zu ihm gesagt?«

Mehr denn je mußte sie an den Jungen denken, der sich in Versailles hatte umbringen lassen, weil ihm die zweitausend Francs für die Operation seiner Freundin fehlten. Wohin hatte ihr Vater Marcel wohl geschickt? Marcel, der nur deshalb Geld brauchte, weil er frisch verheiratet war und der Versuchung nicht widerstehen konnte, mit seiner Frau zum Wintersport zu fahren.

»Ich weiß nicht mehr. Natürlich mußte er mir erst einmal etwas bringen, bevor es Geld gab ...«

»Ist er vorher schon oft gekommen?«

»Fünf oder sechs Mal ...«

»Wie lange ging das?«

»Etwa drei Jahre ... immer schöne Stücke ... Er ist kein Stümper ... Er kennt sich aus, mit Kleinkram gibt er sich nicht ab ...«

Hatte Marcel nicht einmal in jenem selbstironischen Ton, den er jedesmal annahm, wenn er von ernsten Dingen sprach, gesagt: »Schade, daß ich dich drei Jahre zu spät kennengelernt habe ...«

Sie hatte das für einen Scherz gehalten und ihn auch sonst nie richtig ernstgenommen. Jetzt machte sie sich deshalb Vorwürfe.

»Ich bin doch kein Schuft ...«, hatte er ein anderes Mal zu ihr gesagt.

Sie verhörte ihren Vater weiter.

»Und in diesen letzten Monaten?«

»Ich habe ihn über ein Jahr nicht gesehen, bis er dann vor ein paar Tagen ins Geschäft kam ...«

»Ich muß jetzt ganz genau von dir wissen, was du von ihm verlangt hast, hörst du?«

Ein gewöhnlicher Hehler nimmt alles, was man ihm bringt und irgendeinen Wert hat, alles, was mehr oder weniger leicht absetzbar ist. Monsieur François war aber kein gewöhnlicher Hehler, sondern ein Mann mit einer Leidenschaft, einer Leidenschaft, die ihn verzehrte.

Er hatte mit dem Jungen, der umgekommen war, über den Manet geredet, er hatte ihn genau gesehen dazu angestiftet, bei dem Bankier in Versailles einzubrechen.

»Antworte ...«

»In diesem Augenblick interessiere ich mich vor allem für Renoirs ... Nicht für die Riesenapparate, die im übrigen fast alle in Museen hängen, sondern für die kleinen Renoirs, für die Frauenköpfe, die Stilleben ... Es gibt Stilleben, die ...«

»Hast du einen Namen genannt?«

»Ich glaube nicht ...«

»Überleg genau ...«

»Nein ... im übrigen ist das bei Marcel auch gar nicht nötig ... Das ist ein Junge, der viel herumkommt und genau weiß, wo sich die schönen Stücke befinden ...«

»Warte, ich muß jemanden anrufen.«

Sie wählte ihre eigne Nummer und zuckte zusammen, als sie die erregte Stimme Yvettes vernahm, die gewiß erwartet hatte, Marcel zu hören.

»Ach, du bist es nur? ... Gut, nein, nichts, mein Kind ... Ich hätte dir gern eine bessere Nachricht gegeben, aber es gibt nichts Neues zu berichten ... sag mal, ich habe da gerade ein Buch gelesen, von dem ich den zweiten Band nicht finden kann ... ›Die Karthause von Parma‹ ... kannst du mir nicht vielleicht sagen, wo du den hingesteckt hast?«

Germaine erinnerte sich, daß Marcel vor ein paar Tagen im Bett neben ihr den zweiten Band der ›Karthause von Parma‹ gelesen hatte.

»Kommst du nicht nach Hause?«

»Doch, ich werde, glaube ich, kommen ... Das Buch muß im Schlafzimmer liegen ... auf dem kleinen Bücherregal neben dem Bett ...«

»Danke ... Viel Glück!«

Nachdem sie den Hörer aufgelegt hatte, sprach Germaine weiter halblaut vor sich hin, ohne sich um ihren Vater zu kümmern, der so schnell wie möglich wieder zu Bett wollte.

»In der Redaktion kann ich nicht anrufen, denn wenn er nicht verhaftet worden ist, könnte sich das gefährlich für ihn auswirken ... ich möchte gern wissen, ob er seinen Artikel hingeschickt hat ... Denn in dem Fall hätte er ja das Ende des Boxkampfs in der Salle Wagram abwarten, also bis etwa elf Uhr dort bleiben ..., seinen Bericht schreiben und ihn zur Redaktion bringen oder bringen lassen müssen ... Somit ...«

Es war jetzt halb sechs Uhr früh. Der Zähler des Taxis, das vor der Villa wartete, lief immer weiter, fraß sich voran wie eine nagende Ratte, aber sie sah das als nebensächlich an.

»Wegen Renoir-Gemälden ...«

»Es gibt ja so viele Leute, bei denen es die zu holen gibt!« seufzte ihr Vater. »Du solltest lieber schlafen gehen ... Es ist doch überhaupt nicht bewiesen, daß er sich hat erwischen lassen ... außerdem wäre das für ihn auch gar nicht so schlimm, denn er ist ja nicht vorbestraft ... Verstehst du? Das ist etwas anderes als bei einem Gewohnheitsverbrecher ... Mit einem guten Anwalt ...«

Sie stand auf und sagte noch einmal:

»Wegen Renoir-Gemälden ...«

Warum nur spürte sie irgendwie, daß Marcels Schicksal von ihr abhinge? Keinen Augenblick war sie auf den Gedanken gekommen, ihm böse zu sein. Wie hätte sie ihm auch böse sein können? Hatte sie ihm denn nicht auch ihre wahre Herkunft verschwiegen? War sie nicht schließlich die Tochter des Monsieur François?

Gerade weil sie dessen Tochter war, wußte sie auch, wie man in so etwas hineingeraten konnte. Jedenfalls hatte Marcel ganz gewiß keinen ausgereiften Plan gehabt, denn sonst hätte sie nicht erst beim zweiten Anruf um halb elf eine Veränderung in seiner Stimme bemerkt.

Er hatte da gerade erst einen Entschluß gefaßt. Warum aber um halb elf und warum gerade in der Salle Wagram?

»Rue Caulaincourt ...« sagte sie zum Taxichauffeur, während Monsieur François seine Tür wieder verriegelte und in sein Schlafzimmer zurückkehrte.

Noch immer fiel feiner Regen. Sie fröstelte im Fond des Taxis, durch dessen Fenster es hereinzog.

Wie die meisten »Klienten« ihres Vaters würde auch Marcel sehr wahrscheinlich in eine leere Wohnung einbrechen. Das war in Paris ziemlich einfach, weil die Hausangestellten fast nie innerhalb der Wohnung schliefen, sondern im sechsten oder siebten Stockwerk, wo die Dienstbotenkammern lagen.

Der Junge, der in Versailles ums Leben gekommen war, hatte den Fehler begangen, in eine Privatvilla einzudringen.

Wie unter Zwang kam sie immer wieder auf ihren Ausgangsgedanken zurück:

»Um halb elf ...«

Die Salle Wagram. Der mit Seilen abgezingelte Ring. Tausende von Zuschauern im staubigen Licht der nackten Lampen. Marcel am Pressetisch ...

Genau dort mußte ihm plötzlich die Idee gekommen sein ... Die Renoir-Gemälde ... Er hatte gewiß in der Menschenmenge jemanden entdeckt, der solche Bilder besaß, jemanden, dessen Wohnung augenscheinlich bis spät in die Nacht leer stand ...

Diese Rekonstruktion des Vorgangs erschien ihr so einleuchtend, daß sie gar nicht in Erwägung zog, sie könnte auch nicht stimmen.

Die Salle Wagram ... der Wintersport, vielleicht das Auto, das er gern haben wollte ... Der alte Schuft Monsieur François hatte sich geweigert, ihm einige

Scheine zu leihen, aber für einen oder mehrere kleine Renoirs würde er schon etwas springen lassen.

Und in den Reihen der vom Scheinwerferlicht angestrahlten Köpfe, in einer der vorderen Reihen wahrscheinlich, erkannte er einen, durch den all dies in greifbare Nähe rückte: die Renoirs, der Schnee, das schnelle Auto ...

Und solange dieser jemand hier saß und dem Boxkampf zuschaute, bestand keine Gefahr ...

Warum aber hatte Marcel Germaine angerufen? Hatte er vielleicht eine Vorahnung, so ein Gefühl gehabt, daß er, der sich nie hatte erwischen lassen, diesmal vielleicht doch Pech haben könnte? Wollte er ihre Stimme hören, um seine Selbstsicherheit zu stärken? Zögerte er noch? Hätte sie ihn zum Beispiel drängen sollen, möglichst schnell nach Hause zu kommen, weil sie das Alleinsein nicht mehr aushielt? Dabei hatte sie genau das Gegenteil getan, weil sie keinesfalls den Eindruck erwecken wollte, ihn an irgend etwas zu hindern. Er war frei. Sie hatte schon am ersten Tag beschlossen, ihm das Gefühl der Freiheit zu lassen.

Sie hatte nie, wie andere Frauen es tun und wie sie selbst es auch am liebsten getan hätte, gesagt: »Komm nicht zu spät nach Hause ...«

Sie hatte ihm nicht eingestanden, und gerade das war falsch gewesen, daß dieser einsame Abend für sie in Wirklichkeit sehr trübsinnig verlaufen war.

Er hatte ungefähr eine Stunde Zeit gehabt. In welche Gegend von Paris war er da geeilt?

Außerdem gab es die Frage, wie er an den Schlüssel geraten war. Normalerweise bedarf so etwas langer

Vorarbeit: der Schlüssel der entsprechenden Wohnung oder ein Abdruck des Schlosses für einen Nachschlüssel muß erst einmal beschafft werden.

Dazu hatte er keine Zeit gehabt. Sie war sicher, sie wollte einfach sicher sein, daß er nichts vorgeplant hatte. Es war doch auch eine Tatsache, daß er ein ganzes Jahr lang nichts mehr für Monsieur François beschafft hatte. Wer weiß, aus welchem Grunde, vielleicht weil ihn dieses Geschäft anwiderte, vielleicht auch, weil die Angst in ihn eingestiegen war, hatte er beschlossen, sein Leben zu ändern. Ein Beweis dafür war schon, daß er sie geheiratet hatte, und zwar so schnell, wie dies nur irgend möglich gewesen war. Wer weiß, vielleicht wollte er sich auf diese Weise gegen eine neue Versuchung wappnen.

Es kommt durchaus vor, daß jemand drei oder vier gute Coups hintereinander macht und dann plötzlich von Panik ergriffen wird. In so einem Moment sagt er sich dann, daß er unverschämtes Glück gehabt hat und es so ja nicht weitergehen kann, daß er beim nächsten Mal bestimmt draufzahlen wird usw.

Und wenn er dann rückfällig wird, so kann sich das sehr gefährlich auswirken, denn einer, dem das Zutrauen oder die Unbekümmertheit fehlt, läßt sich leicht erwischen, er geht einer idiotischen Sache auf den Leim oder scheitert an einer Winzigkeit.

Bei der Polizei jedenfalls konnte sie nicht anrufen. Die Morgenzeitungen würden in einer Stunde erscheinen, aber oft standen in den ersten Ausgaben noch nicht alle Geschehnisse der Nacht.

Sie sah ihn im Geist bei der Kriminalpolizei im

Büro irgendeines Kommissars sitzen, der ihn verhörte,. nachdem ihm Krawatte und Schnürsenkel abgenommen worden waren ... Dann sah sie ihn im Krankenhaus, im ...

Nein, im Leichenhaus nicht. Wenn sie nur daran dachte, hätte sie am liebsten losgeheult.

»Wegen Renoir-Gemälden ...«

Irgendwie hatte sie den Eindruck, die Lösung greifbar nahe vor sich zu sehen und nur noch eine winzige Anstrengung machen zu müssen. Und zwar hing die Lösung, wie sie meinte, mit dem Namen Renoir zusammen, aber nicht mit dem Maler selbst, dessen Werke sie natürlich kannte, sondern damit, daß sie den Namen erst vor kurzem gelesen oder gehört hatte.

Ja, sie hätte sogar schwören können, daß ausgerechnet Marcel diesen Namen ausgesprochen hatte. Aber wann, wo, bei welcher Gelegenheit war das gewesen?

Das Taxi hielt Ecke Rue Caulaincourt, und sie sah die erleuchteten Fenster ihrer Wohnung. Sie kramte in ihrer Tasche, hatte aber nicht genügend Geld dabei. An alles hatte sie gedacht, nur daran nicht.

»Warten Sie einen Augenblick, ich gehe schnell nach oben, um Geld zu holen.«

Sie lief die Treppe hinauf. Sie errötete bei dem Gedanken, daß sie am Vortag dem Möbelhändler alles Geld gegeben hatte, das noch im Haus gewesen war.

»Hör mal, ärmste Yvette ...«

Sie schämte sich. Noch nie in ihrem Leben hatte sie sich so geschämt. Yvette, die ihr Kleid ausgezogen hatte, um es bequemer zu haben, lag im Unterrock auf der Couch im Salon und las.

»Hast du Geld?«

»Brauchst du viel?«

»Ich muß das Taxi bezahlen ... Ich weiß nicht mehr, wieviel ... Marcel ist nicht hier, er hat unser ganzes Geld in der Brieftasche ...«

Yvette sucht ein ihrer Tasche und zog vierhundert Francs heraus.

»Reicht das?«

»Ich denke schon ...«

Sie lief die sechs Treppen wieder hinunter, redete vor sich hin, entschuldigte sich bei dem Taxichauffeur; sie fühlte sich sehr elend, empfand gegenüber jedem Menschen Schuldgefühle.

Langsamer und schwerer atmend stieg sie die Treppe wieder hinauf. Yvette hatte inzwischen ihr Kleid angezogen. Sie hielt den Hut schon in der Hand und wollte sich gerade dem Spiegel zuwenden.

»Ich nehme an, daß du mich jetzt nicht mehr brauchst?«

Fast hätte sie gesagt: »Doch, ich habe Angst, allein zu bleiben«, aber sie wagte es nicht.

»Ich danke dir und bitte dich noch einmal um Entschuldigung ... Aber du könntest mir noch einen andern Gefallen tun. Wenn du mich um neun noch nicht im Geschäft siehst, dann sag bitte den Damen Corot, daß ich mich nicht wohl fühle und später komme, oder daß ich vielleicht überhaupt nicht komme ... Ich werde es dir eines Tages erklären ... Es ist alles viel furchtbarer, als du glaubst ...«

»Das sagen alle verheirateten Frauen! ... Ja, sogar auch diejenigen, die nicht verheiratet sind ...«

»Du kannst es nicht verstehen ...«

»Ich weiß. Man kann es nie verstehen.«

Als sie schon im Mantel war, sagte sie:

»Soll ich nicht doch noch hier bleiben?«

»Danke ... du bist sehr nett ... Ich werde versuchen, ein wenig zu schlafen ...«

»Na, siehst du! ... es wird sich schon noch alles klären ... Ich habe dir ein wenig Cognac übriggelassen ... Er wird dir vielleicht guttun.«

Ihr blasser Teint und die geröteten Lider bewirkten, daß sie an diesem Morgen ein richtiges Clownsgesicht hatte, und die Grimasse, die sie zum Abschied schnitt, das komische Lächeln, das ermutigend wirken sollte, verstärkten diesen Eindruck noch.

»Gute Nacht, Kleine ... Wenn man so sagen kann ...«

Germaine hätte sie fast zurückgerufen, denn kaum war sie allein, kam es ihr vor, als hörte sie Marcels Stimme rufen: er brauchte sie, er war irgendwo und brauchte ihre Hilfe!

Aber wo war er?

In einer halben Stunde würden die Dächer heller, leuchtend grau werden und Rauch aus allen Kaminen von Paris steigen, man würde die tief zwischen die Häuserblöcke eingeschnittenen Straßen, das Dröhnen der Busse, die Schritte von hunderttausend kleinen Menschen wahrnehmen, die an diesem kalten, feuchten Dezembermorgen vorübereilten.

Marcel befand sich wer weiß wo, und Germaine, die

das eisige Balkongeländer fest umklammerte, hatte nach allen Himmelsrichtungen ein gigantisches Panorama vor sich und hielt Ausschau, als müßte ihr Blick plötzlich an einer bestimmten Stelle hängen bleiben und sie genau wissen: »Dort ist er ...«

Die große Sèvres-Vase und der Onkel der Komtesse.

Halb acht. Vom Balkon aus sah man den Lieferwagen der Hachette-Druckerei, der die Morgenzeitungen ausfuhr und einen Augenblick lang vor dem Bistro gegenüber hielt. Der Fahrer, der eine Ledermütze trug, überquerte den Gehsteig mit einem großen Pakken noch druckfrischer Tageszeitungen.

Germaine ging hinunter, ohne Hut. Die Concierge war gerade dabei, den Hauseingang feucht aufzuwischen. Sie kannte sie noch nicht sehr gut, diese leicht schielende Frau. Schon einen Monat lang versuchte Germaine, sich bei ihr einzuschmeicheln, denn in Paris ist es unerläßlich, ein gutes Verhältnis zur Concierge zu haben. Diese hier sah immer leicht mißtrauisch aus, was aber vielleicht an dem Schielauge lag.

»Heute nacht haben Sie wohl Besuch gehabt«, bemerkte sie. »Ich habe drei- oder viermal für Sie geöffnet. Es ist doch hoffentlich alles in Ordnung?«

Manche Leute riechen das Unglück förmlich. Diese hier gehörte zu ihnen. Also war Vorsicht geboten. Germaine versuchte, ihre Antwort lächelnd hervorzubringen:

»Mein Mann hat eine der Redaktionssekretärinnen

zu mir geschickt, um mir mitzuteilen, daß er sofort nach London fahren müsse ... Dort findet heute ein wichtiges Fußballspiel statt. Er wurde im letzten Moment für die Reise ausersehen ... Ich mußte ihm seine Sachen ins Büro bringen ...«

»Ah gut! Ich dachte schon, bei Ihnen wäre jemand krank ...«

Das war nun erledigt! Jetzt die Zeitung. Sie kaufte sie. Sie betrat die kleine Bar und trank an der Theke einen Kaffee, tunkte ein Croissant ein und blätterte dabei die Seiten so lässig wie möglich um.

Der Boxkampf in der Salle Wagram ... Ein dreiviertelspaltiger Bericht, gezeichnet Marcel Blanc.

Das wirkte auf sie so merkwürdig, wie wenn man in weiter Ferne einen Brief von jemandem bekommt, der inzwischen gestorben ist, oder im Kino einen Menschen sprechen hört, von dem man weiß, daß er seit langem unter der Erde liegt.

Aber nein! Marcel war doch nicht tot! Sie aß ein, zwei, drei Croissants. Sie schämte sich deshalb, aber sie hatte tatsächlich Hunger. Vier Croissants! Sie las den Artikel und wußte genau, daß er nicht von ihm stammte. Marcel hatte seine bestimmten Eigenheiten, Ticks, Wendungen ... Sie wußte genau, daß sich Journalisten untereinander gern aushalfen.

»Du wirst den Bericht für mich schreiben und ihn zur Redaktion bringen ...«, am besten mit der Maschine getippt.

Sie kehrte in ihre Wohnung zurück. Yvette hatte die Cognac-Flasche fast ganz geleert. Germaine hatte schon lange vermutet, daß Yvette die Flasche nicht verachtete. Sie trank den Rest aus. Dann legte sie sich nieder, weil ihr der Rücken wehtat, und schlief ein, was sie nachher noch mehr beschämte als der Appetit, mit dem sie die Croissants verzehrt hatte. In der Zeitung hatte nichts über einen Einbruch oder über ein anderes Ereignis gestanden, mit dem Marcel etwas zu tun gehabt haben könnte. Doch das wollte noch nichts besagen.

Zehn Uhr. Noch immer kein Anruf. In einer halben Stunde würden auf den großen Boulevards nach Ausverkauf der Morgenausgaben die Mittagszeitungen angeboten. Sie zog sich an. Obwohl sie nur den kleinen Rest aus der Flasche getrunken hatte, um ihre Stimmung ein wenig zu heben, fühlte sie sich jetzt verkatert wie nach einer Orgie. Sie dachte an Yvette, die dreiviertel des Flascheninhalts ganz allein getrunken hatte. In ihrer Tasche befanden sich noch knapp hundert Francs. Dennoch beschloß sie, ein Taxi zu nehmen.

Bei einem Straßenverkäufer erstand sie die Mittagszeitung. Sie spürte, wie ihr die Knie weich wurden. Sie hatte tatsächlich einen Kater, und das erinnerte sie daran, daß sie an einem Abend einmal, als sie mit Marcel bei den ... eingeladen war, tatsächlich zuviel getrunken hatte.

Sie setzte sich ins Cafe ›Mazarin‹ und entdeckte nun auf der ersten Seite den Namen, den sie gesucht hatte:

Einbruchsversuch bei Graf de Nieul.

Also bei dem Grafen und der kleinen Komtesse! Diese wurde so genannt, weil sie ganz reizend war, aber auch wirklich den Teufel im Leib hatte. Leute, die überall dabei waren, sich um Sport, Kunst und Kino kümmerten und jeden Abend ausgingen oder in ihrer Wohnung an der Avenue d'Iéna Gäste empfingen. Marcel und sie waren eines Abends auch einmal eingeladen gewesen, als sich mindestens dreihundert Leute, Journalisten, Schauspielerinnen, berühmte Ärzte und Anwälte dort drängelten. In dem allgemeinen Gewühl hatte Marcel zu ihr gesagt: »Sieh mal, sie haben die schönsten Renoirs der rosa Periode ...«

Aber sie hatte nicht viel davon erkennen können, denn es waren zu viele Leute dagewesen. Pausenlos bekam man Gläser mit Champagner oder Whisky gereicht. Ein Haus, in dem der Alkohol reichlich floß ...

Das also war es, wonach sie die ganze Nacht gesucht hatte: der Name des Grafen und der Komtesse de Nieul. Sie ließen sich keinen Boxkampf, keine Filmpremiere, überhaupt nichts entgehen ... Und die leichtsinnige kleine Komtesse ...

»Während das in der Pariser Gesellschaft sehr bekannte Ehepaar Graf und Gräfin de Nieul gerade beim Boxkampf in der Salle Wagram saß, hat sich in ihrem Haus ein sehr merkwürdiger Einbruchsversuch zugetragen, der um ein Haar tragisch geendet wäre. Ein Detail, das erst später bekannt wurde, läßt darauf schließen, daß der Einbruch nicht vorsätzlich geplant war: Gräfin de Nieul bemerkte nämlich bei ihrer Heimkehr gegen zwei Uhr früh, daß sie den Hausschlüssel, den sie beim Verlassen des Hauses in ihre Tasche gesteckt hatte, im Verlaufe des Abends verloren haben mußte.

Der Unbekannte ...«

Germaines erblaßte Wangen bekamen wieder etwas mehr Farbe.

»... der zehn Minuten nach elf Uhr mit dem Schlüssel in die Wohnung eingedrungen war, kann sich diesen nur in der Salle Wagram beschafft haben. Ausgeschlossen, daß der Schlüssel der Besitzerin von einem kühnen Taschendieb aus der Handtasche hätte gestohlen werden können, denn diese war mit einem Reißverschluß versehen.

Die kleine Komtesse, wie die Gräfin in der Pariser Gesellschaft genannt wird, erinnert sich, daß sie auf dem Weg zu ihrem Sitzplatz mitten im Gewühl das Taschentuch herausgenommen hat. Möglicherweise fiel der Schlüssel bei dieser Gelegenheit aus der Tasche. Jedenfalls wußte derjenige, der ihn aufhob, ganz genau, wem er gehörte und welchen Vorteil er daraus ziehen konnte. Damit verkleinert sich der Kreis der als Täter in Frage kommenden Personen. Gewiß ist bisher nur, daß ein Mann gegen elf Uhr in die Wohnung eindrang, die er für leer hielt und die normalerweise auch leer gewesen wäre. Zufällig war jedoch gerade an diesem Abend Monsieur Martineau, ein Onkel der Gräfin de Nieul, angekommen, der seine Gastgeber nicht in die Salle Wagram begleitete, weil er zu müde war.

Kaum eingeschlafen, hörte er aus der großen Eingangshalle, in der die schönsten Gemälde des Hauses hängen, großen Lärm. In seinem verständlichen Schrecken griff er nach seinem Revolver ...«

Die Worte, die Buchstaben begannen vor Germaines Augen zu tanzen. Obwohl sie unbedingt das Ende erfahren wollte, mußte sie jede Zeile zwei- oder dreimal lesen, während ein Kellner einen Mandarin-Curaçao vor sie auf das Tischchen stellte.

»In der Eingangshalle sah er den Lichtstrahl einer Taschenlampe, dann einen Mann, der auf einem Stuhl stand. Der Onkel betrat die Halle mit dem Revolver in der Hand. Der Mann schreckte auf, rannte in die Dunkelheit hinaus und warf Monsieur Martineau dabei mit einem Faustschlag um.

Dieser gab vor Aufregung und ohne es selbst zu bemerken einen Schuß ab. Alles läßt darauf schließen, daß die Kugel ihr Ziel traf, denn auf dem Teppich und sogar auf der Treppe wurden Blutspuren entdeckt.

Bisher ist unbekannt, ob der Einbrecher schwer verletzt wurde, jedenfalls ist seine Verhaftung gewiß nur eine Frage von Stunden. Monsieur Martineau, ein schon älterer Herr, der zudem sehr aufgeregt war, konnte die Verfolgung nicht schnell genug aufnehmen.

Wahrscheinlich handelte es sich um einen Neuling oder einen Amateur. Der Lärm nämlich, durch den der Onkel der kleinen Komtesse aufmerksam geworden war, rührte vom Zerspringen einer großen Sèvres-Vase von erheblichem historischem Wert her, die aus der napoleonischen Epoche stammte. Diese Vase hatte genau unter einem herrlichen Renoir-Gemälde gestanden, einer rosa Badenden, die dem Amateur beim Abhängen vor Erregung aus der Hand gefallen war.

Damit wird der Kreis der möglichen Täter noch mehr eingeschränkt. Immerhin jedoch befanden sich sechstausend Personen in der Salle Wagram und ...«

Germaine trank ihren Mandarin-Curaçao aus, ohne

es zu bemerken, dann faltete sie die Zeitung eng zusammen und steckte sie in ihre Tasche.

Warum lag beim Verlassen des Cafés trotz allem ein Schimmer von Befriedigung in ihrem Blick? Natürlich, weil Marcel sich nicht hatte schnappen lassen! Aber auch, weil sie auf der richtigen Fährte gewesen war ...

Dieser Geschichte mit dem Schlüssel, war sie ihr durch eine Rekonstruktion des Anrufs von halb elf Uhr nicht schon auf die Spur gekommen? Er hatte beobachtet, wie der kleinen Komtesse der Schlüssel zu Boden gefallen war. Und auch er hatte sich an die Renoir-Gemälde erinnert ...

Worüber sich Germaine heimlich am meisten freute, war, daß er sich so ungeschickt angestellt hatte! Das Gemälde war ihm auf die Sèvres-Vase gefallen – weil seine Hände zitterten? Offensichtlich hatte er Angst gehabt. Wie ein Neuling hatte er sich aufgeführt oder eben wie einer, der sich sagt:

»Noch einmal, ein einziges Mal ...«

Und der dabei fühlt, daß das nichts mehr für ihn ist, daß solche Geschäfte nicht mehr zu ihm passen.

»Idiot!« sagte sie inmitten der Menschenmenge auf den großen Boulevards halblaut vor sich hin.

Lieber Idiot, jawohl! Er war schön weit gekommen damit! Was aber hatte er unternommen, nachdem er verletzt auf der Straße stand, blutend – was allein schon genügte, um ihn zu verraten? Er war gelaufen, um sich möglichst weit von dem Haus zu entfernen. Vielleicht hatte er sich in irgendeiner Ecke versteckt, um sich ein wenig zu erholen. Aber dann?

»Hoffentlich hat er nicht die Dummheit begangen, ein Taxi zu nehmen . . .«

Denn die Taxichauffeure werden von der Polizei ausgefragt. Sie hatte wahrscheinlich schon damit angefangen. Doch Marcel würde sich doch selbst in der Aufregung etwas gescheiter verhalten!

»Idiot!«

Jawohl, er hatte sich wie ein Idiot benommen, weil er nicht sofort nach Hause gekommen war. Sie hätte ihn doch gepflegt, hätte einen befreundeten Arzt gefunden, oder irgendeinen Arzt, den sie geholt und auf sein Berufsgeheimnis verpflichtet hätte. Das hätte niemand ablehnen können.

Er hatte sich offenbar geschämt.

»Im Grunde bin ich doch kein Schuft . . .«

Sie unterhielt sich im Geiste mit ihm, während sie weiterging, und nie zuvor hatte sie so zärtliche Worte für ihn gehabt. Sie hätte ihn doch die ganze Zeit nicht ernst nehmen dürfen, hätte begreifen müssen, daß er trotz seines pfiffigen Lächelns nur ein dummer kleiner Junge war, der sie brauchte, um aus dem Schlamassel wieder herauszufinden, in den er hineingeraten war!

Ein Idiot, ganz gewiß . . .! Genau wie alle die anderen Jungen, die ihren Vater aufsuchten, die groß angaben und in Wirklichkeit vor Angst zitterten.

Der Herr hatte mit ihr zum Wintersport fahren, sie im Auto spazierenführen wollen! Und sie hatte keine Einwände dagegen erhoben! Wäre es nicht ihre Aufgabe gewesen, ihm zu sagen:

»Du bist verrückt, mein Kleiner . . . Später werden

wir schon sehen ... Vorerst schreib deine Artikel über Boxkämpfe und Rugby-Spiele ...«

Natürlich hatte sie sich nicht getäuscht, als sie in der Nacht das Gefühl gehabt hatte, daß er nach ihr rief. Er hatte sie gebraucht, verdammt noch mal. Aber er hatte sich nicht getraut, sie um Hilfe zu bitten.

Der Herr sind eben zu stolz ...

Wirklich, was für ein verdammt idiotischer Liebling er war, dazu fähig, jetzt irgendeinen Blödsinn zu machen. Schließlich lief er bei dem Regen ja wohl kaum seit gestern abend zehn nach elf irgendwo auf der Straße herum. Aber zu wem war er gegangen, um sich verarzten zu lassen?

Gleichzeitig mußte er ja wohl immer an sie denken und was sie von ihm glauben würde, sah er sie in Tränen aufgelöst, aus Schmerz darüber, betrogen oder verlassen worden zu sein.

Kleiner Idiot ...

Sie konnte gar nicht ganz verzweifelt sein, ja, irgendwie empfand sie sogar eine gewisse Freude: Freude über ihre Erkenntnis, daß er ein kleiner Junge war, der ihre Hilfe brauchte.

Am Anfang war sie es gewesen, die vor Angst darüber gezittert hatte, er könnte erfahren, wer sie wirklich war, er könnte eines Tages herausbekommen, wer ihr Vater war, ja, sie hatte Angst gehabt, seiner nicht würdig zu sein.

Dabei war er ...

In Gedanken versunken ging sie immer weiter, versuchte dabei, nicht halblaut vor sich hinzureden, wie es sonst ihre altjüngferliche Gewohnheit war.

Sie wußte nur eines genau, nämlich, daß sie schnell etwas unternehmen mußte. Jemand konnte ihn in der Salle Wagram in der Nähe der kleinen Komtesse gesehen haben. Jetzt hätte er schon seit einer Stunde in der Redaktion sein müssen. Sie betrat ein anderes Café. Was machte es schon, wenn sie noch einen Mandarin-Curaçao trank! Sie ging zum Telefon.

»Hallo, Mademoiselle, würden Sie mich bitte mit dem Chefredakteur verbinden? Hier spricht Madame Blanc . . .«

Auf diese Weise würde sich niemand Gedanken machen. Sie wußte nicht, ob ihr Vorgehen jetzt richtig oder falsch war, Hauptsache, niemand fing an, sich Gedanken zu machen.

»Hallo, Monsieur Manche? . . . Hier spricht Madame Blanc . . . Mein Mann bittet Sie, ihn zu entschuldigen . . . Als er heute nacht nach Hause kam, nachdem er seinen Artikel zur Redaktion geschickt hatte, erwartete ich ihn schon mit dem Telegramm einer Tante aus der Provinz, deren Mann gerade gestorben ist . . . Er nahm den ersten Morgenzug . . . Er wird einige Tage lang dort bleiben . . .«

Sie fühlte sich jetzt stark, vor allem auch, weil ihr während des Telefonierens plötzlich Jules eingefallen war.

Jules war ein Arzt, den Marcel zweimal mit nach Morsang gebracht hatte und der im vorigen Jahr gerade mit seiner Doktorarbeit fertig geworden war. Da ihm aber das Geld fehlte, um eine Praxis zu eröffnen, arbeitete er als Gehilfe in einer großen Apotheke am Boulevard Sebastopol. Ein großer knochiger Junge mit einem Gesicht, das ein wenig an einen Pferdekopf erinnerte und das von blondgelocktem Engelshaar bekränzt wurde, das überhaupt nicht zu seiner übrigen Physiognomie paßte.

Sie mußte diesen Jules auftreiben. Sie konnte sich nicht einmal an seinen Familiennamen erinnern, und seine Adresse hatte sie noch nie gewußt.

Taxi. Was machte es schon, daß sie nur noch knapp hundert Francs besaß!

»Entschuldigen Sie, ich möchte gern mit Monsieur Jules sprechen. Mit dem großen Blonden, wissen Sie, der oft in dieser Abteilung arbeitet ...«

»Mit Doktor Belloir?«

»Ja richtig ... Ja ... ein blondgelockter Mann mit einer großen Nase.«

Es dauerte eine Weile. Man wollte ihr die Adresse nicht geben. »Doktor Belloir ist heute morgen nicht gekommen, und er hat kein Telefon. Kommen Sie heute nachmittag noch einmal vorbei. Vielleicht ist er dann da.«

»Ich muß ihn unbedingt sofort sprechen. Ich bin seine Kusine. Ich bin gerade in Paris angekommen, und er sollte mich vom Bahnhof abholen. Wahrscheinlich hat er mich verfehlt ...«

Man beratschlagte hin und her, schließlich hieß es:

»Wenn Sie wirklich seine Kusine sind ...«

»Ich schwöre Ihnen, mein Vater und seiner ...«

»Rue du Mont-Cenis Nr. 246 ...«

Das lag ganz oben am Montmartre, in der Nähe der Sacré-Coeur. Fünfzehn Francs für das Taxi. Ein merkwürdiger Hof, fast wie der Hof eines Bauernhauses, im Hintergrund ein kleines, einstöckiges Gebäude, im Erdgeschoß befand sich eine Tischlerwerkstatt, und an der Außenwand führte eine Eisentreppe hinauf.

»Monsieur Belloir?«

»Im ersten Stock.«

Sie kletterte hinauf, klopfte an die Glastür. Eine Klingel gab es nicht.

»Wer ist da?« rief eine Stimme, die sie nicht erkannte.

Sie entgegnete ganz kühl:

»Ich bin es.«

Das zog immer. Tatsächlich hörte sie schleppende Schritte näherkommen. Das Pferdegesicht erschien plattgedrückt hinter der Fensterscheibe, wandte sich dann um. Sie war sicher, daß Jules mit jemandem sprach. Ihr Herz klopfte stark.

»Öffnen Sie ...«

Er trug nur eine weitfallende Hose und ein Hemd. Außerdem war er unrasiert.

»Entschuldigen Sie, ich hatte Sie nicht erkannt. Was verschafft mir die Ehre?«

»Wo ist Marcel?«

Ein richtiges Zimmer war dies hier nicht. Ein großer Raum, eher eine Art Werkstatt wie die des Tischlers unten, die man aber mit einem Jutevorhang in der Mitte geteilt hatte. Diesseits des Vorhangs befand sich das, was gewiß als Salon bezeichnet wurde, darin standen zwei alte Sessel, ein Tisch, Bücher, eine Lampe.

»Aber ... ich weiß nicht ...«

»Hören Sie, Jules ...«

Als er sie durch die Fensterscheibe erkannt hatte,

hatte er doch mit jemandem gesprochen, nicht wahr? Also mußte doch jemand hinter dem Vorhang sein. War dieser Jemand eine Frau, konnte Germaine es eben nicht ändern. Sie konnte auch im Augenblick nicht darüber nachdenken, ob sie ihren Mut vor allem dem Mandarin-Curaçao verdankte.

Sie machte drei Schritte. Mehr waren nicht nötig. Sie hob den Vorhang hoch.

Und dort lag Marcel und blickte sie so erschreckt an, daß sie fast in Lachen ausgebrochen wäre, aber sie war den Tränen näher und brachte nur das eine Wort heraus:

»Idiot! ...«

Dann lachte und weinte sie zugleich. Sie wagte es nicht, ihn zu berühren, denn er war sehr blaß und trug einen riesigen Verband um die Brust.

»Du hast dich wohl für besonders schlau gehalten, wie?«

»Liebling ...«

»Idiot ...«

»Hör zu, Liebling ...«

»Wo ich doch Schnee überhaupt nicht leiden kann ...«

»Ich schwöre dir ...«

»Als erstes wirst du jetzt ganz schnell nach Hause kommen ...«

»Er will es nicht ...«

»Wer?«

»Jules ...«

Jules hatte sich aus Feingefühl auf die Treppe verzogen, wo er ohne Jacke vor Kälte zitterte.

»Schwöre mir, daß ...«, sagte sie.
»Das brauche ich gar nicht ...«
»Warum?«
»Weil ich es schon getan habe ...«
»Gib zu, daß du Angst gehabt hast ...«
Er drehte den Kopf zur weißgekalkten Wand.
»Ich gebe es zu ...«
»Bitte mich um Entschuldigung ...«
»Entschuldige ...«
»Sag, daß du so etwas nie mehr tun wirst und daß ich dich künftig zu allen Boxkämpfen begleiten werde ...«
»Ich sage es ...«
»Und wenn ich noch einmal ein kleines schwanzloses Schwein in deinen Taschen finde ...«
Und dann erst begannen sie, ernsthaft zu reden.

28. November 1946

»Bei Todesstrafe«

Der Einäugige und der Einbeinige

Das erste Lebenszeichen war eine bunte Ansichtskarte vom Negus-Palast in Addis-Abeba mit einer äthiopischen Briefmarke gewesen, auf der stand:

»Bald sehen wir uns wieder, alter Schuft. ›Bei Todesstrafe‹, weißt du noch? Dein alter Jules«

Das war nun schon sieben Monate her. Oscar Labro erinnerte sich genau: er hatte diese Karte ein paar Wochen nach der Hochzeit seiner Tochter erhalten. Zu jener Zeit begann sein Tag noch so, daß er morgens um fünf aufstand und mit seinem Boot zum Angeln hinausfuhr. Wenn er dann gegen elf zurückkam, war der Briefträger fast immer schon dagewesen und hatte die Post im Hausflur auf das Ablagebrett der Garderobe gelegt.

Um diese Uhrzeit hielt sich Madame Labro gewöhnlich im oberen Stockwerk auf, wo sie die Zimmer in Ordnung brachte. War sie die Treppe heruntergekommen, nachdem die durch ihre kräftigen Farben sehr auffällige Karte schon auf dem Brett lag? Sie sagte nichts darüber zu ihm. Er belauerte sie vergebens. Hatte der Briefträger – der nachmittags als Tischler arbeitete – die Karte gelesen? Und die Postbeamtin, Mademoiselle Marthe?

Monsieur Labro fuhr noch einige Male zum Angeln hinaus, doch kehrte er jetzt immer früher zurück und begab sich schon um zehn Uhr, also bevor der Briefträger seine Runde begann, zum Postamt und wartete, bis Mademoiselle Marthe die Eingänge sortiert hatte.

Durch das Gitter sah er ihr dabei zu.

»Nichts für mich?«

»Die Zeitungen und Prospekte, Monsieur Labro. Ein Brief von Ihrer Tochter . . .«

So blieb ihr also genügend Zeit, um die Umschläge genau anzusehen und zu lesen, wer da geschrieben hatte, die Handschriften zu unterscheiden.

Am fünfzehnten Tag danach traf schließlich eine zweite Ansichtskarte ein. In ganz natürlichem Ton sagte die Postbeamtin, während sie ihm die Karte entgegenstreckte:

»Schon verrückt das . . .«

Demnach hatte sie also auch die erste Karte gelesen. Diese hier kam nicht mehr aus Äthiopien, sondern aus Dschibuti, dessen weißer, sonnenbeschienener Bahnhof abgebildet war.

»Du darfst hoffen, altes Schwein, wir werden uns eines Tages wiedersehen. Bei Todesstrafe, verstehst du. Schöne Grüße von Jules.«

»Ein Freund, der sich einen Scherz mit Ihnen erlaubt, oder?«

»Einen Scherz, den ich noch nicht einmal geistreich finden kann«, antwortete er.

Eines war klar, Jules rückte näher. Einen Monat darauf befand er sich noch mehr in der Nähe, denn seine dritte Karte, diesmal eine Hafenansicht, kam aus Port-Said.

»Glaub nicht, daß ich dich vergesse! Bei Todesstrafe, mein Alter. Das muß einmal gesagt werden, oder? Dein verdammter Jules.«

Von diesem Tag an fuhr Monsieur Labro nicht mehr zum Angeln hinaus. Von Port-Said nach Marseille braucht man je nach Schiff nur vier oder fünf Tage. Und von Marseille nach Porquerolles kommt man mit dem Zug oder dem Bus in ein paar Stunden.

Von nun an sah man Monsieur Labro jeden Morgen gegen acht in Pyjama und Morgenrock, die nackten Füße in Pantoffeln, aus dem Haus treten. Läßt sich schon behaupten, der Platz von Porquerolles, eingerahmt von hellen: hellgrün, blau, gelb oder rosa gestrichenen kleinen Häusern, sei einer der reizendsten Plätze der Welt, so war mit Gewißheit Monsieur Labros Haus das schönste des ganzen Platzes, man erkannte es schon von weitem an seiner mit roten Geranien geschmückten Veranda.

Während er seine erste Pfeife rauchte, ging Monsieur Labro zum Hafen hinunter, das heißt, er legte knapp hundert Meter zurück, wandte sich dann vor dem Hotel nach rechts und sah das offne Meer vor sich.

Als er so umherging, wirkte er wie ein friedlicher Bürger, ein glücklicher Rentner auf dem Morgenspaziergang. Um diese Zeit traf sich im übrigen immer eine ganze Gruppe von Leuten an der Mole. Die heimgekehrten Fischer sortierten den Fisch oder begannen ihre Netze zu flicken. Der Genossenschaftsangestellte wartete mit seinem Handwagen. Der Dienstmann vom ›Hôtel du Langoustier‹, das am Dorfausgang gelegen war, stand mit seinem Eselskarren da.

Auf einer Insel, die nur vierhundert Bewohner zählt, kennt jeder jeden, und man spricht sich gegenseitig mit dem Namen oder Vornamen an. Es gab nur wenige Leute, die wie Labro Monsieur genannt wurden: weil er nicht arbeitete, weil er Geld hatte, aber auch, weil er vier Jahre lang Bürgermeister der Insel gewesen war.

»Heute nicht zum Angeln, Monsieur Labro?«

Er brummelte irgend etwas vor sich hin. Um diese Stunde landete der *Cormoran*, der eine halbe Stunde zuvor von Porquerolles abgefahren war, drüben, jenseits des spiegelnden Wassers an der Landzunge von Giens, am Festland: in Frankreich, wie die Inselbewohner sagten. Man sah das Schiff als kleinen weißen Flekken. Je nachdem, wie lange es dort vor Anker lag, wußte man hier, ob es viele Passagiere und Waren lud oder ob es fast leer zurückkäme.

Einhundertachtundsechzig Mal, Morgen für Morgen, war Monsieur Labro auf diese Weise zu seiner geheimnisvollen Verabredung erschienen. Jeden Morgen hatte er beobachtet, wie der *Cormoran* sich von der Landzunge von Giens loslöste und im Sonnenlicht auf die Insel zufuhr. Nach und nach hatte er jedesmal die Personen an Deck größer werden sehen und sie erkannt. Am Ende sah man alle Gesichter deutlich und begann sich schon während des Anlegemanövers mit ihnen zu unterhalten.

Der Genossenschaftsangestellte ging an Bord, um seine Kisten und Fässer abzuladen, der Briefträger packte seine Postsäcke auf einen Schubkarren, Touristenfamilien machten die ersten Fotos und folgten dem Anwerber des Hotels.

Einhundertachtundsechzig Mal! Bei Todesstrafe, wie Jules sagte.

Gleich neben dem reservierten Landeplatz des *Cormoran* lag an einem Tau, das sich mit den Wellenbewegungen des Meeres spannte und lockerte, das Boot Monsieur Labros, ein Boot, das er auf dem Festland hatte bauen lassen, weit und breit das schönste Fischerboot: es war so hübsch, so sorgfältig lackiert, so gut poliert, so reich mit Spiegelglas und Messing verziert, daß man es den ›Spiegelkasten‹ genannt hatte.

Jahr für Jahr, Monat für Monat hatte Monsieur Labro es immer mehr herausgeputzt und immer bequemer eingerichtet. Obwohl das Boot nur fünf Meter lang war, hatte er eine Kabine darauf bauen lassen, in der er aufrecht stehen konnte, eine Kabine aus geschliffenen Spiegeln – so daß das Ganze am ehesten einer Geschirrvitrine ähnelte.

Einhundertachtundsechzig Tage lang lag das Boot nun schon ungenutzt da, kam er selbst in Pyjama und Pantoffeln hierher und folgte er anschließend dem Briefträger mit seinem Schubkarren, um auf dem Postamt als erster bedient zu werden.

Er mußte fast sechs Monate warten, bis eine vierte Karte eintraf, sie kam aus Alexandrien in Ägypten.

»Verzweifle nicht, alter Knabe! Bei Todesstrafe, mehr denn je! Die Sonne brennt heiß hier. Jules.«

Was trieb er nur so lange unterwegs? Und was trieb er überhaupt so? Wie war er? Wie alt war er? Mindestens fünfzig jedenfalls, denn Monsieur Labro war ja selbst schon fünfzig.

Neapel. Dann Genua. Es sah so aus, als sei er mit irgendwelcher Fracht unterwegs. Aber warum hielt er sich bei jeder Etappe mehrere Wochen auf?

»*Ich komme, mein Herzensjunge. Bei Todesstrafe natürlich. Jules.*«

Plötzlich eine portugiesische Briefmarke. So hatte Jules also in Marseille nicht Station gemacht. Er nahm einen Umweg, entfernte sich wieder.

O je! Bordeaux ... Er rückte wieder näher. Eine Nacht mit der Eisenbahn! Nein doch nicht, denn die folgende Karte kam aus Boulogne, dann eine aus Antwerpen.

»*Verliere nicht die Geduld, mein Schatz, wir haben noch genügend Zeit. Bei Todesstrafe! Jules.*«

»Wirklich lächerlich, Ihr Freund!« sagte die Postbeamtin, die ganz klar die Postkarten heimlich las.

Ob sie auch mit andern darüber sprach?

An einem Mittwoch, an einem wunderschönen Morgen bei spiegelglatter, tiefblauer See, in der sich nicht ein Fältchen kräuselte, geschah es dann plötzlich.

Jules war da! Labro wußte es schon genau, als der *Cormoran* noch mehr als eine Meile von der Mole entfernt war und nicht größer aussah als ein Spielzeugboot. Vorne am Bug stand eine dunkle Gestalt, die schon aus der Ferne gewaltig groß wirkte.

Weshalb nur hatte sich Labro diesen Menschen immer gewaltig groß vorgestellt? Und er nahm zusehends noch größere Ausmaße an. Er ragte unbeweglich über dem Vordersteven auf, der in das Wasser einschnitt und dadurch einen silbrigen Schnauzbart bekam.

Einen Augenblick lang nahm der einstige Bürgermeister von Porquerolles seine dunkle Brille ab, die er gewöhnlich nur vor dem Schlafengehen auf seinen Nachttisch legte und beim Erwachen als erstes wieder aufsetzte. Solange er die beschlagenen Brillengläser putzte, konnte man sein gesundes Auge sowie das andere, das halbgeschlossene Auge sehen, das seit langer Zeit erblindet war.

Mit einer langsamen, fast feierlichen Bewegung setzte er die Brille wieder auf und zog mechanisch an seiner kalten Pfeife.

Auch er war groß und breitschultrig, kräftig, aber schwerfällig. Der Mann am Bug des *Cormoran* erschien noch größer und dicker als er, er trug einen breiten Strohhut, eine braune Leinenhose und eine schwarze Alpaka-Weste. Durch diese sehr weiten und weichen Kleidungsstücke wirkte er noch massiger. Dieser Eindruck wurde noch verstärkt durch seine unbewegliche Haltung.

Als das Boot so nahe herangekommen war, daß man die Personen erkennen konnte, rührte der Mann sich endlich vom Fleck, und das sah dann so aus, als stiege er von einem Sockel herunter. Er ging auf dem Deck hin und her, und beim Gehen hob er die rechte Schulter ruckartig hoch. Seine ganze rechte Seite hob sich wie ein Block hoch und fiel gleich darauf wieder herunter.

Er trat auf Baptiste, den Kapitän des *Cormoran*, zu,

der hinter dem Fenster seiner Kabine zu sehen war. Er sprach mit ihm, und Labro vermeinte schon, seine Stimme zu hören. Er machte eine Kopfbewegung in Richtung der Leute, die am Kai standen, und Baptiste streckte die Hand aus, zeigte mit dem Finger auf ihn, Labro, sagte dabei wahrscheinlich:

»Dieser da.«

Dann zeigte Baptiste mit seinem Zeigefinger auf etwas anderes, auf den *Spiegelkasten,* und erklärte dabei wohl:

»Und das dort ist sein Boot.«

Die Leute machten ihre gewohnten Gesten, sprachen die üblichen Sätze. Man warf das Tau herüber, das ein Fischer auffing und am Kai festmachte. Der *Cormoran* stieß ein wenig zurück, legte schließlich an, während der Mann ruhig und unbeweglich wartete und dabei scheinbar auf nichts Bestimmtes blickte.

Beim Aussteigen mußte er sein rechtes Bein sehr hoch heben: da sah man den Holzstumpf, mit dem er nun beim Gehen auf die Mole einzuhämmern begann. Während ein Matrose einen alten Koffer, der sehr schwer wirkte und von langem Gebrauch so beschädigt war, daß er mit Schnüren zusammengehalten werden mußte, herabließ, drehte er sich um.

Monsieur Labro war erstarrt wie ein von einer Schlange hypnotisiertes Kaninchen. Es lagen nur noch ein paar Meter Entfernung zwischen ihnen, zwischen dem Mann mit dem einen Bein und dem Mann mit dem einen Auge, und ihre Gestalten glichen sich: zwei gleichaltrige Männer von gleicher Statur und Körperkraft.

Jules machte noch einige Schritte mit seinem durch das Holzbein so charakteristischen Gang. Es befanden sich vielleicht vierzig Personen da: die Fischer auf ihren Booten, der Mann von der Genossenschaft, einige Neugierige, Maurice von der ›Arche de Noé‹, der auf die Lebensmittel für sein Restaurant wartete. Auch ein rotgekleidetes kleines Mädchen, die Tochter des ehemaligen Legionärs, stand da und lutschte ein grünes Bonbon.

Jules, der stehengeblieben war, zog etwas aus der Tasche – ein riesiges Klappmesser. Liebevoll sah er es an, ließ es hervorschnellen. Dann neigte er sich nach vorn. Sein Bein war offenbar am Oberschenkel amputiert, denn er mußte sich wie ein Hampelmann zusammenklappen.

Labro stand wie angenagelt da und beobachtete ihn gebannt durch seine dunkle Brille. Er hatte an diesem herrlich klaren und von vertrauten Geräuschen erfüllten Morgen nur diesen einen Gedanken: »Bei Todesstrafe ...«

Der *Spiegelkasten* war am Kai vertäut. Mit einem einzigen Schlag seiner gewaltig großen Messerklinge hieb Jules das Tau durch, und das Boot hüpfte ein wenig hoch, bevor es in dem ruhigen Wasser davontrieb.

Nun blickten alle auf sie, auf den Mann mit dem einen Auge und auf den Mann mit dem Holzbein. Man blickte auf sie und spürte irgendwie, daß die beiden eine alte Rechnung miteinander zu begleichen hatten.

So abgeschmackt diese Geste auch gewesen war, ja

vielleicht gerade weil sie so abgeschmackt, weil sie so unerwartet und lächerlich gewesen war: sie verfehlte nicht ihre Wirkung auf die Umstehenden, nur das rotgekleidete kleine Mädchen brach in Lachen aus und wollte nicht mehr damit aufhören.

Der Einbeinige hatte sich wieder aufgerichtet, offenbar zufrieden mit sich: Zufrieden blickte er um sich und klappte langsam sein großes Messer wieder zu. Als ein Fischer das davonschwimmende Boot mit seinem Fischhaken zurückziehen wollte, sagte er nur: »Laß das, Kleiner ...«

Es klang weder böse noch hart. Aber es war in einem Ton gesagt worden, der keine Widerrede duldete, und so versuchte niemand mehr, den davontreibenden *Spiegelkasten* aufzuhalten.

Vor allem auch, weil Monsieur Labro gleich darauf sagte:

»Laß, Vial ...«

Irgendwie hatten die Zuschauenden gemerkt, daß sich hier etwas Außergewöhnliches abspielte. Sie hatten beide gesprochen, der Einäugige und der Einbeinige, und zwar beide im gleichen Ton, mit einer fast gleichen Stimme, und beide hatten auch den gleichen südfranzösischen Akzent.

Sogar Labro, dem Schweißperlen auf der Stirn standen, hatte diesen Akzent bemerkt, der ihn tief betroffen gemacht hatte.

Drei Schritte ... vier Schritte, das Hochziehen der Schulter und der Hüfte, das Aufknallen des Holzbeins auf dem Boden, die Stimme nun wieder, die in einem fast herzlichen, fast fröhlichen Ton sagte:

»Grüß dich, Oscar!«

Labro nahm die Pfeife nicht aus dem Mund, einen Augenblick stand er da wie zur Salzsäule erstarrt.

»Wie du siehst, bin ich gekommen!«

Herrschte ringsum tatsächlich atemlose Spannung? Aus tiefer Kehle kam die Stimme des Mannes mit der dunklen Brille:

»Kommen Sie zu mir nach Hause.«

»Duzt du mich denn nicht?«

Pause. Der Adamsapfel hob und senkte sich, die Pfeife zitterte. »Komm zu mir nach Hause ...«

»Das will ich meinen ... es klingt doch viel netter ...«

Und der andere musterte ihn von Kopf bis Fuß, streckte den Arm aus, um den Pyjama anzufassen, zeigte auf die Pantoffeln.

»Du stehst aber spät auf, sag mal ... Hast du denn noch nicht Toilette gemacht ...«

Fast sah es so aus, als wollte Labro sich entschuldigen.

»Das macht nichts. Das macht überhaupt nichts. Hören Sie mal, ja Sie da ... der kleine Koch ...«

Er meinte Maurice, den Besitzer der ›Arche‹, der tatsächlich ziemlich kleingewachsen war und Kochkleidung trug.

»Lassen Sie meinen Koffer zu sich bringen und geben Sie mir Ihr bestes Zimmer ...«

Maurice blickte Labro an. Labro nickte ihm zustimmend zu.

»Gut, Monsieur ...«

»Jules ...«

»Bitte?«

»Ich sage, ich heiße Jules ... Sag ihnen, Oscar, daß ich Jules heiße ...«

»Er heißt Jules«, wiederholte der ehemalige Bürgermeister gehorsam.

»Kommst du, Oscar?«

»Ich komme.«

»Du hast ja was an den Augen, sag mal! Nimm doch einen Augenblick deine Brille ab, damit ich sie sehen kann ...«

Labro zögerte, nahm die Brille ab und ließ sein erblindetes Auge sehen. Der andere stieß einen leisen Pfiff aus, der so etwas wie Bewunderung ausdrückte.

»Das ist doch lustig, findest du nicht? Du hast nur ein Auge und ich nur ein Bein ...«

Er hatte seinen Gefährten wie einen alten Freund am Arm genommen und sich mit seiner ruckartigen Gangart in Bewegung gesetzt.

Labro spürte bei jedem Schritt einen Stoß.

»Du mußt verstehen, ich gehe lieber in die ›Arche‹ als zu dir nach Hause. Ich störe andere nicht gern, und außerdem ist es mit deiner Frau auch nicht gerade reines Honiglecken ...«

Seine Stimme hallte in der vollkommenen Stille, die ringsum herrschte, schrecklich wider, sie klang gleichzeitig aggressiv, böse und komisch.

»Ich habe mich an Bord erkundigt ... Der alte Affe dort drüben hat mir Tips gegeben ...«

Mit dem »alten Affen« war Baptiste gemeint, der Kapitän des *Cormoran,* dessen ziegelrotes Gesicht mit grauen Bartstoppeln bedeckt war. Baptiste knurrte vor sich hin, und Labro wagte nicht, ihn anzublicken.

»Du kannst ihnen ruhig sagen, sie sollen dein Boot wieder hereinziehen ... Es wird uns beiden noch Dienste tun ... Denn auch mir gefällt das Angeln ... So sag es ihnen doch! Worauf wartest du noch?«

»Vial! ... Mach mein Boot wieder fest!«

Schweißperlen liefen Labro über die Stirn, über das ganze Gesicht, zwischen den Schulterblättern hindurch. Seine Brille rutschte von seinem nassen Nasenrücken herunter.

»Wie wär's, wenn wir etwas zu uns nähmen? ... ganz nett hier ...«

Ein kleines Stück ansteigende Straße, das sie langsam und schwerfällig hinaufgingen, als wollten sie dieser Minute dadurch mehr Gewicht verleihen. Dann befanden sie sich auf dem von zwei Reihen Eukalyptusbäumen und von zartfarbenen Häusern umstandenen Platz.

»Zeig mir, welches das deine ist ... Dies dort? Du scheinst ja eine Vorliebe für Geranien zu haben ... Ah, sieh mal, deine Frau blickt herüber ...«

Man sah Madame Labro mit Lockenwicklern am Fenster des ersten Stocks, an dem sie gerade das Bettzeug zum Lüften ausgebreitet hatte.

»Stimmt das, daß mit ihr nicht gut Kirschen essen ist? Wird sie wütend, wenn wir das hier jetzt mit einem Schluck Weißen begießen?«

In diesem Augenblick wäre Monsieur Labro trotz seiner schon fünfzig Jahre, trotz seiner Körpergröße, seines Gewichtes, seiner Kraft, trotz seines Ansehens als reicher Mann und ehemaliger Bürgermeister, also er wäre in diesem Augenblick, um halb neun Uhr morgens genau, vor der kleinen gelben Kirche, die wie ein Würfel aussah, am liebsten auf die Knie gesunken und hätte gestammelt:

»Erbarmen ...«

Fast hätte er sogar etwas noch Schlimmeres getan, ja er fühlte diese Versuchung: Er war nahe daran, zu flehen:

»Töten Sie mich sofort ...«

Nicht aus Achtung vor dem Menschenleben sah er davon ab, sondern weil er überhaupt nicht mehr wußte, was mit ihm geschah, weil er nicht mehr Herr über seinen Körper und seinen Geist war, weil der andere immer noch seinen Arm festhielt, sich bei jedem Schritt darauf stützte und ihn langsam und unaufhaltsam auf die rotgrüne Terrasse der ›Arche de Noé‹ zuschob.

»Du kommst doch gewiß oft hierher, nicht wahr?«

Und wie ein Schüler seinem Lehrer antwortete Labro:

»Mehrmals täglich.«

»Trinkst du?«

»Nein ... nicht viel ...«

»Besäufst du dich?«

»Nie.«

»Bei mir kommt das schon vor ... Na, du wirst ja sehen ... Du brauchst keine Angst zu haben ... Bedient denn hier niemand?«

Er stieß seinen Gefährten vor sich her in den Schankraum auf die Theke zu, deren Nickelplatte im Halbdunkel schimmerte. Eine junge Serviererin tauchte aus der Küche auf, sie wußte noch nichts. »Guten Morgen, Monsieur Labro ...«

»Und mein Name ist Jules ... Bring uns eine Flasche Weißwein, Kleine ... Und etwas zu essen ...«

Sie blickte Labro an.

»Sardellen?« fragte sie.

»Gut. Ich sehe, Oscar ißt gern Sardellen. Also von mir aus Sardellen. Bring uns alles auf die Terrasse ...«

Als er sich in einen Korbsessel setzte oder vielmehr sich in diesen hineinfallen ließ, streckte er sein Holzbein gerade aus, das nun bewegungslos dalag und den Weg versperrte. Mit einem großen roten Taschentuch wischte er sich die Stirn ab, denn auch er schwitzte.

Dann spuckte er aus und räusperte sich lang und ausführlich, wie andere etwa gurgeln oder sich die Zähne putzen, wobei er unmanierliche Geräusche machte.

Endlich schien er zufrieden und hob das Glas an die Lippen, blickte auf den transparenten Wein und seufzte:

»Schon besser ...! Auf dein Wohl, Oscar ... Ich habe mir immer gesagt, daß ich dich eines Tages schon ausfindig machen würde ... Bei Todesstrafe, erinnerst du dich? ... Das ist doch lustig ... Dabei wußte ich überhaupt nicht, wie du aussahst ...«

Er blickte ihn wieder zufrieden, um nicht zu sagen froh an.

»Du bist dicker als ich. Denn bei mir ist alles nur Muskel ...«

Und er ließ seinen Bizeps spielen.

»Hier faß mal an ... faß ruhig mal an ... Ich kannte nur deinen Namen und deinen Vornamen ... das, was du auf das Schild geschrieben hattest. Und du bist ja schließlich kein berühmter Mann, über den man in den Zeitungen schreibt ... Es gibt vierzig Millionen Franzosen ... Rat mal, wie ich dir auf die Spur gekommen bin ... Los, rat doch mal ...«

»Ich weiß nicht ...«

Labro zwang sich ein Lächeln ab, wie um damit den Drachen zu besänftigen.

»Durch deine Tochter Yvonne ...«

Für einen Augenblick geriet er in noch größeren Schrecken, er überlegte, wie seine Tochter ...

»Als du sie verheiratet hast, vor etwa neun Monaten, a propos, noch nichts unterwegs? ... also ich sagte, als du sie verheiratet hast, mußtest du ihr unbedingt eine ganz tolle Hochzeit ausrichten, und darüber wurde auf der ersten Seite einer Zeitung berichtet, die *Le Petit Var* heißt ... Die wird in Toulon gedruckt, stimmt's? Ja, und nun stell dir vor, da unten in Addis-Abeba gibt es tatsächlich einen Typen, einen von hier, der schon seit zwanzig Jahren in Afrika sitzt und immer noch *Le Petit Var* abonniert hat ... Ich habe eine Nummer gelesen, die da bei ihm herumlag ... und darin habe ich deinen Namen gesehen, da habe ich mich an das Plakat erinnert ...«

Seine Stirn lag jetzt in Falten, und sein Gesicht hatte einen härteren Ausdruck bekommen. Er sah den anderen wild, ja mit einem sarkastischen Ausdruck an.

»Du erinnerst dich doch, wie?«

Und dann mit barscher Herzlichkeit:

»Trink dein Glas aus ... Bei Todesstrafe, wie! ... Ich lasse nicht davon ab ... Trink, sag ich dir ... es ist ja noch nicht das Gläschen Rum! ... Wie heißt denn die Kleine, die uns hier bedient?«

»Jojo ...«

»Jojo! Komm her meine Süße ... Und bring uns eine neue Flasche ... Oscar hat Durst ...«

Das Plakat in Umbolé

Alle fünf Minuten streckte der Mann mit dem Holzbein seine Hand nach dem Glas aus, leerte es in einem Zug und befahl in einem Ton, der keine Widerrede erlaubte:

»Trink dein Glas aus, Oscar.«

Monsieur Labro trank also, und nach der dritten Flasche konnte er über den sonnenbeschienenen Platz hinweg die Uhrzeiger an der kleinen Kirche schon nicht mehr klar erkennen. War es zehn Uhr, elf Uhr? In den Sessel zurückgelehnt und die selbstgedrehten Zigaretten bis zum letzten Millimeter aufrauchend, fragte Jules grob:

»Woher stammst du?«

»Aus Pont-du-Las, Kreis Toulon.«

»Kenne ich! Ich komme aus Marseille, Quartier Saint-Charles.«

Er sagte dies mit sichtlichem Vergnügen. Aber dieses Vergnügen hatte wie alle seine Lebensäußerungen etwas Erschreckendes. Sogar wenn er seinem Gefährten mild gesonnen schien, sah er ihn mit jener Art von

Mitleid an, die man für ein Insekt empfindet, bevor man es im nächsten Augenblick totschlägt.

»Reiche Eltern?«

»Arm ... mittel ... na ja, eher arm ...«

»Genau wie bei mir. Schlechter Schüler, nehme ich an?«

»Mathematik war nie meine Stärke.«

»Auch das genau wie bei mir. Trink dein Glas aus. Ich sage dir doch, trink dein Glas aus! Wie bist du überhaupt dorthin geraten?«

»Im Auftrag einer Marseiller Gesellschaft, der S. A. C. O., gleich nach meinem Militärdienst.«

Er wollte dann auch unbedingt wissen, wer von beiden der Ältere war. Monsieur Labro war ein ganzes Jahr älter, und das bereitete Jules offensichtlich Spaß.

»So hätten wir uns also im Grunde schon auf dem Schiff kennenlernen können oder sogar noch vorher beim Regiment. Findest du das nicht umwerfend? Noch eine Flasche, Jojo-Schätzchen.«

Und weil der andere zusammenzuckte, fügte er hinzu:

»Mach dir nichts draus! Ich bin das gewohnt. Ganz davon abgesehen, daß es auch für dich besser ist, wenn ich betrunken bin, dann werde ich immer sentimental ...«

Rings um sie ein Kommen und Gehen: Fischer betraten Maurices Café, um einen Schluck zu trinken. Andere spielten in der Sonne Boccia. Alle Leute kannten Labro, er saß auch genau an dem Platz, an dem man ihn gewöhnlich sitzen sah. Niemand also konnte ihm zu Hilfe kommen. Er wurde mit Handschlag begrüßt, man rief ihm etwas zu, und es blieb ihm nichts anderes übrig, als seine Lippen zu einer Art Lächeln zu verziehen.

»So warst du also damals, als du dein dreckiges Ding drehtest, zweiundzwanzig ... Was hattest du bloß im Sumpf von Umbolé verloren?«

»Die Gesellschaft hatte mich – da ich jung und kräftig war – beauftragt, die entlegensten Dörfer im heißesten, ungesündesten, schlimmsten Urwald von Gabun nach Möglichkeiten der Palmölproduktion auszukundschaften.«

»Da warst du doch wohl aber nicht allein?«

»Ein Koch und zwei Ruderer begleiteten mich.«

»Und da hast du dein Kanu verloren? ... Antworte! ... Warte, trink zuerst ... Trink oder ich schlage dir die Fresse ein!«

Labro trank und verschluckte sich dabei so, daß er fast erstickt wäre. Jetzt war sein ganzer Körper in Schweiß gebadet, wie damals dort unten in Gabun, nur daß dieser Schweiß jetzt kalt war. Dennoch fehlte ihm der Mut, zu lügen. Er hatte seither zu viel nachgedacht, nächtelang, wenn er keinen Schlaf finden konnte. Ohne diese Belastung hätte er ein anständiger, ja ein glücklicher Mensch sein können. Alle zwei, drei Monate wurde er plötzlich von diesen Gedanken überfallen, die jedesmal gleich quälend waren, so daß er sie seinen ›Alptraum‹ nannte.

»Ich hatte mein Kanu nicht verloren«, gestand er.

Der andere blickte ihn an, zog die Brauen zusammen, wollte offensichtlich seinen Ohren nicht trauen.

»Was war dann?«

»Gar nichts ... Es war heiß ... Ich hatte, glaube ich, Fieber ... Wir kämpften sei drei Tagen gegen die Insekten ...«

»Ich ebenfalls.«

»Ich war zweiundzwanzig Jahre alt ...«

»Ich ebenfalls ... ja, noch nicht einmal ...«

»Ich kannte mich in Afrika nicht aus ...«

»Vielleicht ich? ... Trink! Trink schnell, verdammt nochmal! ... Du hattest dein Kanu noch und trotzdem ...«

Wie sollte Monsieur Labro, der ehemalige Bürgermeister von Porquerolles, hier, in der beschaulichen Atmosphäre auf seiner Insel, diese unvorstellbare Sache erklären?

»Es gab da einen Neger, den Ruderer, der sich am dichtesten neben mir befand, ein Pahouin, der roch so übel ...«

Das war der wahre Grund für sein Verbrechen. Denn, daß er ein Verbrechen begangen hatte, wußte er genau und suchte keine Ausflüchte. Wenn er vor dreißig Jahren einen Mann erschlagen hätte, würde er heute vielleicht nicht mehr darüber nachdenken. Aber er hatte etwas noch Schlimmeres getan, das war ihm klar.

»Erzähl weiter, so hast du also den Gestank der Pahouins nicht ertragen, du Schwächling!«

Der Sumpf von Umbolé ... Kanäle, Flüsse mit schlammigem Wasser, an dessen Oberfläche ständig dicke Blasen zerplatzten und Ungeziefer jeder Art herumwimmelte. Und weit und breit kein Stückchen festes Land, die flachen Ufer waren so dicht bewachsen, daß ein Durchdringen fast unmöglich war ... Tag und Nacht die Insektenplage, so daß er das Gesicht fast immer in einen Moskitoschleier eingehüllt hatte, unter dem er aber fast erstickte ...

Tagelang konnte man so umherfahren, ohne auch nur eine Hütte oder gar ein menschliches Wesen zu sehen, und da erblickte er nun plötzlich zwischen den Schlingarmen eines Wurzelbaums ein Kanu, und auf diesem Kanu befand sich eine Schrifttafel:

»Diebstahl dieses Bootes verboten. Bei Todesstrafe. Gezeichnet: Jules.«

»Und auch«, sagte er in Gedanken versunken, »weil diese Worte ›bei Todesstrafe‹ zweimal unterstrichen waren.«

Diese absurden Worte, die hier mitten im Urwald und Hunderte von Kilometern von jeder Zivilisation, von jedem Polizisten entfernt mit Druckbuchstaben angeschrieben standen! So war er auf einen absurden Gedanken gekommen, einen Gedanken, auf den man bei fünfundfünfzig Grad im Schatten eben so kommt. Sein Neger stank. Seine Beine, die er immer angezogen halten mußte, waren schon ganz steif. Wenn er dieses Kanu nähme und es hinten an das andere dranhängte, würde er den Rest der Reise über wie ein König allein sitzen und den Gestank nicht mehr ertragen müssen.

Bei Todesstrafe? Na wenn schon! Gerade, weil es bei Todesstrafe verboten war!

»Da hast du es genommen ...«

»Ich bitte Sie, mir zu verzeihen ...«

»Ich habe doch schon einmal gesagt, du sollst mich

duzen, für Leute unseres Schlages ist das angemessener. Als ich dann zurückkam, nachdem ich etwas Eßbares gejagt hatte, denn seit Tagen war ich am Verhungern, merkte ich, daß ich auf einer Art Insel gefangen saß ...«

»Ich wußte nicht ...«

Er hatte nicht nur das Kanu genommen, sondern sich auch noch dazu hinreißen lassen, die Warnung des Unbekannten mit einem derben Spaß zu beantworten. Auf das Schild, das er gut sichtbar an jener Stelle zurückließ, an der das Kanu gelegen hatte, schrieb er:

»Ich scheiß drauf!«

Und unterzeichnete keck: »Oscar Labro«.

»Bitte verzeihen Sie mir«, wiederholte der fünfzigjährige Mann, der er heute war.

»... im Wasser wimmelte es von Krokodilen ...«

»Ja ...«

»... und an Land von Schlangen und heimtückischen Spinnen ... Und meine schwarzen Träger hatten mich schon vor Tagen im Stich gelassen ... Ich war vollkommen allein, du Schuft!«

»Ich bitte Sie noch einmal um Verzeihung ...«

»Du bist ein Schwein, Oscar.«

»Jawohl.«

»Ein unglaubliches, riesiges, gigantisches Schwein. Und trotzdem führst du ein glückliches Leben ...«

Während er dies sagte, sah er zu dem hübschen rosa Haus mit den Geranien hinüber und zu Madame Labro, die von Zeit zu Zeit einen Blick aus dem Fenster warf. Sollte Labro alles abstreiten? Sollte er antworten, daß er so glücklich gar nicht sei? Er wagte es nicht, es wäre ihm zu feige erschienen.

Jules tippte auf sein Holzbein und brummte:

»Das hier habe ich mir dabei eingehandelt.«

Und Labro wagte nicht einmal zu fragen, wie das passiert war, ob ihm zum Beispiel auf der Flucht ein Krokodil ins Bein gebissen oder ob er sich eine Infektion geholt hatte.

»Seither ist es aus mit mir ... Was glaubst du wohl, warum ich nach meiner ersten Karte, derjenigen aus Addis-Abeba, nicht sofort gekommen bin? ... Da hast du sicher wieder Hoffnung geschöpft, möcht ich wetten ... nun, weil ich keinen einzigen Sou hatte und mich durchschlagen mußte, um was zum Beißen zu kriegen ... Mit meiner Stampfe hier, verstehst du?«

Merkwürdigerweise wirkte er jetzt bei weitem nicht so bedrohlich wie vorher, und in bestimmten Augenblicken hätte man die beiden aus der Ferne für zwei alte Freunde halten können. Jules beugte sich über Labro, packte ihn am Revers seines Morgenrokkes und kam mit dem Gesicht ganz nah heran.

»Noch eine Flasche! ... Ja, ja doch, ich trinke ... Und du wirst mit mir trinken, jedesmal, wenn mir der Sinn danach steht ... Das ist doch wohl das mindeste, oder? Und dein Auge?«

»Ein Unfall ...«, antwortete Labro und schämte sich, daß er sein Auge nicht auch im Urwald verloren hatte, wie der andere sein Bein.

»Was für ein Unfall?«

»Als ich eine Flasche aufmachte ... Eine Flasche

Essig für meine Frau ... der Flaschenhals ist zerplatzt, und ein Stück Glas ist mir ins Auge geflogen ...«

»Sehr gut! Warst du lange in Afrika?«

»Zehn Jahre ... Dreimal drei Jahre, und mit dem Urlaub ... Dann wurde ich nach Marseille versetzt ...«

»Wo du dann so etwas ähnliches wie Direktor geworden bist?«

»Stellvertretender Abteilungsleiter ... vor fünf Jahren habe ich mich pensionieren lassen, wegen meines Auges ...«

»Bist du reich? Wohlhabend?«

Da durchfuhr Monsieur Labro ein Hoffnungsstrahl, auch wenn dieser sogleich von Angst getrübt wurde. Er hoffte nämlich plötzlich, daß er mit Geld davonkommen könnte. Warum auch nicht? Sogar eine gerichtlich verhängte Todesstrafe wird nicht unvermeidlich ausgeübt. Es gibt auch noch das Zuchthaus, das Gefängnis, Geldstrafen.

Warum sollte er nicht eine Geldstrafe zahlen können? Nur wagte er es nicht, irgendwelche Zahlen zu nennen, aus Angst, der andere könnte allzu viel Geschmack daran finden.

»Ich habe mein gutes Auskommen ...«

»Du hast Einkünfte, wie? Wieviel Mitgift hast du denn deinem Yvonne-Mädchen gegeben?«

»Ein kleines Haus in Hyères ...«

»Und hast du noch andere Häuser?«

»Noch zwei ... sie sind nicht groß ...«

»Bist du geizig?«

»Ich weiß nicht ...«

»Es spielt ja sowieso keine Rolle, denn damit ändert sich nichts ...«

Was wollte er damit sagen? Daß er kein Geld wollte? Daß er auf seiner unvorstellbaren Todesstrafe beharrte?

»Du mußt wissen, Oscar, daß ich einen einmal gefaßten Entschluß niemals ändere. Mein Wort gilt! Das einzige ist, daß ich mir Zeit lassen kann ...«

Labro träumte nicht. Er sah den Platz vor sich, ein wenig verschwommen zwar, aber er sah ihn. Die Stimmen, die er rings umher auf der Terrasse und aus dem Schankraum hörte, waren die Stimmen seiner Freunde. Vial, der barfuß und mit einem Fischernetz auf dem Rücken vorüberschlenderte, warf ihm zu:

»Das Boot ist wieder in Ordnung, Monsieur Labro.«

Ohne daß es ihm zu Bewußtsein kam, antwortete er:

»Danke, Vial ...«

Niemand, keine Menschenseele hatte eine Ahnung, daß er ein zum Tode Verurteilter war! Vor Gericht gab es wenigstens die Möglichkeit der Revision, man hatte Anwälte. Es waren Journalisten da, die die Öffentlichkeit unterrichteten. Und auch der größte Schuft fand noch irgendwelche Sympathien oder Mitleid.

»Genau betrachtet hängt es vor allem von deiner Insel ab, verstehst du?«

Nein, er verstand nicht. Und wieder sah er, wie die Flasche gekippt und sein Glas gefüllt wurde; ein unerbittlicher Blick zwang ihn, es an die Lippen zu führen und zu trinken.

»Nochmals das gleiche, Jojo! ...«

Er versuchte sich zu wehren, fünf Flaschen, das war unmöglich. Soviel hatte er sonst in einer ganzen Woche nicht getrunken. Außerdem war es mit seinem Magen noch nie sehr weit her gewesen, vor allem seit Afrika.

»Ist das Zimmer schön? Ich hoffe, es geht auf den Platz hinaus!«

»Gewiß, ich werde es Maurice sagen ...«

Eine Chance für Labro, aufzustehen, allein in den kühlen Schankraum zu gehen, einen Augenblick dem wilden, sarkastischen Blick Jules' zu entfliehen und aufzuatmen. Aber der legte ihm bleischwer seine Hand auf die Schulter und zwang ihn, sich wieder hinzusetzen.

»Wir können das später regeln ... Nicht unmöglich, daß es mir hier gefallen wird, und in dem Fall hätten wir eine gewisse Galgenfrist vor uns.«

Lag in diesen Worten ein Funken Hoffnung für Labro? Genau betrachtet konnte Jules überhaupt kein Interesse daran haben, ihn umzubringen. Er wollte sich doch nur aushalten lassen, hier auf Labros Kosten leben.

»Glaub das nicht, Oscar, du kennst mich doch nicht.«

Labro hatte nichts gesagt. Er hatte keine Miene verzogen, und seine Augen, oder vielmehr das eine Auge war hinter der dunklen Brille verborgen. Wie hatte der andere seine Gedanken erraten?

»Ich habe gesagt ›bei Todesstrafe‹, stimmt's? Aber das braucht uns ja nicht hindern, zuerst einmal Bekanntschaft zu schließen. Im Grunde wußten wir doch nichts voneinander! Du hättest auch klein und mager oder glatzköpfig oder rothaarig sein können ... Und nun ist es so, daß nicht viel gefehlt hätte, und wir wären sogar zusammen zur Schule gegangen! Stimmt es, daß deine Frau schwierig ist? ... Ich wette, du bekommst nachher etwas zu hören, weil du eine Fahne hast und bis mittags im Pyjama auf der Terrasse herumgesessen bist ... Ist ja auch komisch, dich in diesem Aufzug um diese Stunde hier zu sehen ... Jojo! ...«

»Ich flehe Sie an ...«

»Die letzte ... Eine Flasche, Jojo! ... Wo war ich stehengeblieben? ... Ah ja, ich sagte, daß wir Zeit hätten, uns kennenzulernen ... Das Angeln zum Beispiel ... Bisher hat mir immer die Zeit gefehlt, zum Angeln zu gehen ... und auch die Gelegenheit ... Morgen wirst du mir das beibringen ... Fängt man hier tatsächlich Fische?«

»Ja, wirklich.«

»Und auch du fängst welche?«

»Auch ich ... Wie alle anderen ...«

»Gut, wir werden das machen ... und wir werden Flaschen mitnehmen ... Spielst du Boccia? ... Gut ... darauf hätte ich gewettet ... Du wirst mir auch das Bocciaspielen beibringen ... Soviel Zeit hast du dann immerhin schon gewonnen, oder? ... Auf dein Wohl! ... Bei Todesstrafe, vergiß das nicht ... Und jetzt gehe ich hinauf und leg mich schlafen ...«

»Ohne zu essen?« entfuhr es Monsieur Labro.

»Diese kleine Jojo wird mir das Mittagessen auf mein Zimmer bringen ...«

Er stand auf, schnaubte, schwankte, peilte die Tür an, die er fast verfehlt hätte. Irgend jemand lachte, Jules drehte sich um und sah böse umher, schließlich wandte er sich an Labro:

»Daß so etwas nicht mehr vorkommt ...«

Er durchquerte das Café, betrat die Küche, ohne sich um die Leute zu kümmern, die ihn alle ansahen, hob die Deckel der Kochtöpfe hoch und sagte im Befehlston:

»Mein Zimmer ...«

»Gut, Monsieur Jules ...«

Man hörte sein Holzbein auf der Treppe, dann über die Dielen poltern. Alle horchten auf, als er sich mit dem ganzen Gewicht und offenbar, ohne sich die Mühe des Ausziehens gemacht zu haben, auf das Bett fallen ließ.

»Wo kommt denn der her?« fragte Maurice, als er wieder herunterkam.

»Wenn der glaubt, daß er lange hier bleiben kann ...«

Nun aber verwandelte sich Monsieur Labro geradezu in die Gestalt des anderen, nahm dessen Stimme und dessen Befehlston an und sagte: »Du wirst dich mit ihm abfinden müssen!«

Danach machte er kehrt und überquerte, noch immer in Pyjama und Pantoffeln, den von der heißen Mittagssonne beschienenen Platz. Zwischen den Geranien an der Haustür sah er etwas Helles leuchten: es war seine Frau, die ihn erwartete. Und obwohl er sie beharrlich anstarrte und mit ganzer Willenskraft versuchte, gerade zu gehen, obwohl er also sein Ziel ganz genau ins Auge faßte, schlug er mehrere Haken, bis er es erreichte.

»Was ist denn mit dir los? Was treibst du in diesem Aufzug auf der Caféterrasse? Was ist das für eine Geschichte mit dem durchgeschnittenen Tau, die mir der Gemüsehändler erzählt hat? Wer ist dieser Kerl?«

Da er unmöglich alle diese Fragen gleichzeitig beantworten konnte, begnügte er sich damit, auf die letzte einzugehen.

»Er ist ein Freund«, sagte er.

Und weil ihn der Wein ins Schwafeln gebracht hatte, fügte er, jedes einzelne Wort mit der typischen Beharrlichkeit eines Betrunkenen betonend, hinzu:

»Er ist mein bester Freund ... Er ist mehr als ein Freund ... Er ist wie ein Bruder, verstehst du? ... Kein Mensch darf sich erlauben ...«

Am liebsten wäre auch er ohne zu essen gleich schlafen gegangen, aber seine Frau hätte das nicht zugelassen.

Um fünf Uhr nachmittags hörte man an jenem Tag in der ›Arche de Noé‹ aus dem Zimmer des Neuankömmlings außer Schnarchen noch immer keinen Laut.

Und als zur selben Stunde Monsieur Labros Freunde wie gewöhnlich an seine Tür klopften, um ihn zum Bocciaspiel abzuholen, öffnete Madame Labro die Tür nur einen Spalt breit und murmelte schamerfüllt:

»Seid still! ... Er schläft ... Er ist nicht so ganz in Ordnung heute ...«

»Häng mir ein neues Krebschen dran, Oscar!«

Die beiden Männer saßen in dem Boot und wurden von der langsamen regelmäßigen Atembewegung des Meeres in einem beruhigenden Rhythmus auf- und niedergeschaukelt. Um diese Uhrzeit war das Wasser fast immer glatt wie Seide, denn die Brise kam erst lange nach Sonnenaufgang im Laufe des Vormittags auf. Meer und Himmel schimmerten silbrig wie das Innere einer Perlmuschel, und nicht weit vom ›Spiegelkasten‹ entfernt, in einigem Abstand zur Spitze der Insel, erhob sich der schneeweiße Mèdes-Felsen.

Wie angekündigt, hatte der Einbeinige seine Leidenschaft fürs Angeln entdeckt. Meist war er es, der Labro gegen fünf Uhr morgens mit einem Pfiff weckte.

»Vergiß den Wein nicht ...«, empfahl er ihm dann.

Dann hörte man den kleinen Motor losbrummen, und der ›Spiegelkasten‹ zog seine schaumige Spur an den Stränden und kleinen Buchten entlang bis zu dem Mèdes-Felsen.

Keinen Gefallen dagegen fand Jules am Knacken der ›Piades‹ – so heißen in Porquerolles die kleinen Einsiedlerkrebse, die man als Köder verwendet. Man muß die Schale mit einem Hammer oder einem großen Stein aufschlagen und das Tier vorsichtig, um es nicht zu verletzen, herauslösen und es schließlich an den Angelhaken hängen.

Dies war Labros Arbeit, der dadurch, daß er sich um die Angel seines Gefährten kümmern mußte, kaum Zeit fand, selbst zu fischen. Der andere sah ihm zu bei der Arbeit, während er selbst sich eine Zigarette drehte und sie ansteckte.

»Hör mal Oscar, ich hätte da eine Idee ...«

Jeden Tag kam er auf neue Ideen, und er sprach darüber in einem ganz natürlichen, herzlichen Ton, als teilte er einem Freund etwas Vertrauliches mit. Einmal hatte er gesagt:

»Mein erster Plan war, dich zu erwürgen. Weißt du auch, warum? Weil einmal in einer Bar, ich weiß nicht mehr wo, eine Frau behauptet hat, ich hätte Hände wie ein Würger. Das wäre doch eine gute Gelegenheit, das auszuprobieren, oder?«

Er betrachtete Oscars Hals, dann seine eigenen Hände, und schließlich schüttelte er den Kopf.

»Ich glaube doch nicht, daß ich es so machen werde.«

Er ging der Reihe nach alle Todesarten durch.

»Wenn ich dich ertränke, dann siehst du nachher so häßlich aus, wenn man dich herausfischt, und das ekelt mich an ... Hast du schon einmal eine Wasserleiche gesehen, Oscar? ... Und nachdem du jetzt schon keine Schönheit bist ...«

Er legte seine Angel aus und wurde ungeduldig, wenn nach fünf Minuten noch kein Fisch angebissen hatte. Von Angst erfüllt, daß Jules die Lust am Angeln verlieren könnte, begann dann Labro, der schon lange nicht mehr gebetet hatte, den lieben Gott anzuflehen, seinem Peiniger einen Fang zu bescheren.

»Laß ihn etwas fangen, lieber Gott, ich bitte dich. Es macht nichts, wenn ich nichts fange, aber er ...«

»Sag mal Oscar ... Na, reich mir erst mal eine Flasche ... Es ist höchste Zeit ...«

Jeden Tag fing er noch früher mit dem Trinken an.

»Weißt du überhaupt, daß es immer schwieriger wird? Anfangs dachte ich, daß ich dich einfach irgendwie umbringen würde, komme was da wolle, verstehst du, was ich meine? Ich hatte nicht sehr viele Gründe, am Leben zu hängen ... Ja, ich kann dir ruhig sagen, daß es mir im Grunde sogar Spaß gemacht hätte, verhaftet zu werden und so viele Leute, die Polizei, die Richter, die hübschen Damen, die Journalisten auf Trab zu bringen ... Ein großer Prozeß eben! Ich hätte ihnen alles erzählt, was ich so auf dem Herzen habe ... und Gott ist mein Zeuge, daß ich etwas zu berichten hätte! ... Ich bin ziemlich sicher, daß sie mich nicht zum Tod verurteilt hätten ... Und auch der Gedanke ans Gefängnis mißfiel mir nicht ... Aber, stell dir vor, jetzt habe ich wieder Geschmack am Leben gefunden ... Und dadurch wird die Sache schwierig, denn ich muß dich aus der Welt schaffen, ohne mich dabei erwischen zu lassen ... Verstehst du, worin das Problem besteht, *Junge?*

Ich habe mir schon drei oder vier Pläne durch den Kopf gehen lassen ... ich habe stundenlang darüber nachgedacht ... das ist ziemlich komisch ... Ich denke mir alles bis ins kleinste aus, versuche, alles vorauszusehen ... Und wenn ich dann denke, daß ich die Lösung gefunden habe, zack, kommt mir da mit Gewißheit irgendein Detail in die Quere, und alles fällt in sich zusammen ...

Wie würdest denn du das anstellen, sag mal?«

Jules befand sich schon gut drei Wochen auf der Insel, als er diesen scheinbar so harmlosen Satz sagte:

»Wie würdest denn du das anstellen, sag mal?«

Im gleichen Augenblick zog er, unvergeßlich für Labro, eine schöne zweipfündige *Seeröte* aus dem Wasser.

»Es ist doch vielleicht gar nicht notwendig, daß du mich umbringst?« äußerte er zaghaft.

Aber da sah ihn der andere mit so großem Erstaunen, mit so vorwurfsvoller Miene an, als habe er ihm etwas angetan.

»Also hör mal Oscar! ... Du weißt doch genau, daß ich geschrieben habe: ›bei Todesstrafe‹ ...«

»Das ist doch so lange her ...«

Jules schlug mit der Hand auf sein Holzbein.

»Und das hier, ist das vielleicht nachgewachsen?«

»Wir kannten uns doch gar nicht ...«

»Umso schlimmer, mein Lieber ...Nein! Ich muß unbedingt einen Weg finden ... Ein Gedanke, der mir sofort kam, war der, daß ich es draußen auf dem Meer machen müßte, so wie jetzt ... Wer kann uns denn jetzt sehen? Kein Mensch. Kannst du schwimmen?«

»Ein wenig ...«

Labro bereute sofort dieses »ein wenig«, das den andern in Versuchung führen konnte, und korrigierte sich:

»Ich konnte immer ganz gut schwimmen ...«

»Aber wenn du vorher einen Schlag auf den Kopf bekommst, kannst du nicht mehr schwimmen. Und ein Schlag mit der Faust auf den Kopf, der hinterläßt keine Spuren. Ich muß lernen, mit dem Boot umzugehen, wenn ich dann allein in den Hafen zurückfahren will ... Häng mir einen neuen Krebs dran ...«

Wenn er keinen Fisch fing, wurde er bösartig, und er war dann absichtlich grausam.

»Du glaubst wohl, daß du davon kommst, indem du mich aushältst, stimmt's? Dabei zählst du die ganze Zeit die Flaschen, die ich leere ... Du bist geizig, Oscar! Du bist egoistisch! Du bist ein Feigling! Du gibst noch nicht einmal eine schöne Leiche ab! Soll ich dir etwas sagen: du widerst mich an. Gib mir was zu trinken ...«

Und er mußte mit ihm trinken. Labro lebte in einer Art Alptraum: schon um zehn Uhr morgens vom Wein benebelt, zur Mittagszeit betrunken. Dabei ließ ihn der andere seinen Rausch noch nicht einmal ausschlafen, sondern weckte ihn schon um vier oder fünf Uhr nachmittags zum Boccia-Spiel.

Er konnte nicht spielen. Er wollte unbedingt gewinnen. Er stritt bei jedem Wurf herum, behauptete, die anderen mogelten. Und wenn einer sich dann eine Bemerkung oder ein Grinsen erlaubte, erntete Labro dafür einen vernichtenden, wütenden Blick.

»Ich hoffe, daß du den Umgang mit diesem Kerl bald aufgibst!« sagte Madame Labro. »Außerdem will ich zu deinen Gunsten annehmen, daß nicht du die ganzen Runden ausgibst, die ihr den lieben langen Tag trinkt ...«

»Nein, nein, gewiß nicht ...«

Wenn sie gewußt hätte, daß er nicht nur die Runden zahlte, sondern auch die Pension Jules' in der ›Arche de Noé‹!

»Hören Sie, Monsieur Labro«, hatte der Wirt der ›Arche‹ gesagt. »Wir haben hier schon alle möglichen Gäste gehabt. Aber dieser da ist unmöglich. Gestern abend ist er meiner Frau durch den Gang nachgelaufen ... Vorgestern Jojo, die sich inzwischen weigert, sein Zimmer zu betreten ... Mitten in der Nacht weckt er uns durch lautes Klopfen mit seinem Holzbein auf den Fußboden und verlangt ein Glas Wasser und Aspirin. Er mäkelt an allem herum, läßt das Essen zurückgehen, das ihm nicht paßt, macht peinliche Bemerkungen vor den Pensionsgästen ... Ich halte es nicht mehr aus ...«

»Ich bitte dich, Maurice ... Wenn du nur einen Funken Freundschaft für mich empfindest ...«

»Für Sie schon, Monsieur Labro ... Aber für ihn, nein ...«

»Behalte ihn noch zwei Wochen ...«

Zwei Wochen ... eine Woche ... Zeit gewinnen ... Die Katastrophe verhindern ... Und er mußte den Boccia-Spielern hinterherlaufen, denn sie wollten mit diesem Rasenden nicht mehr spielen, der pausenlos schimpfte und nicht davor zurückschreckte, sie zu beleidigen.

»Du mußt heute abend spielen, Vial ... Bitte auch Guercy, herzukommen ... Bestell ihm von mir, daß es sehr wichtig ist, daß er *unbedingt* kommen muß ...«

Tränen traten ihm in die Augen vor Scham, daß er sich so erniedrigen mußte. Hin und wieder sagte er sich, daß Jules eben verrückt war. Aber damit war auch nichts erreicht. Konnte er ihn vielleicht einsperren lassen?

Ebensowenig konnte er zur Polizei gehen und erklären: »Dieser Mann bedroht mich mit dem Tod ...«

Erstens einmal, weil er keinen Beweis dafür hatte, auch über die Postkarten würde man sich ja nur lustig machen. Und zweitens, weil er Skrupel hatte. Daß dieser Mann so geworden war, ging gewissermaßen zum Teil auch auf ihn, Labro, zurück ... Er war der eigentlich Schuldige.

Mußte er sich aber umbringen lassen? Schlimmer noch: mußte er wochenlang, vielleicht monatelang mit dem Gedanken leben, daß Jules stündlich, womöglich in einem Augenblick, in dem er am wenigsten darauf gefaßt war, mit seiner gleichzeitig herzlichen und höhnischen Stimme zu ihm sagen konnte:

»Dein Stündlein hat geschlagen, Oscar ...«

Er war ein Sadist, tat alles, um die Todesangst seines Opfers ständig wachzuhalten. Sobald er sah, daß dieser sich ein wenig entspannte, raunte er mit sanfter Stimme:

»Wenn wir es jetzt machten? ...«

Sogar dieses »wir« war grausam. Gerade so, als wäre es eine abgemachte Sache gewesen, daß Labro sich fügte, daß er wie Abrahams Sohn frohgemut den Opfergang tun würde ...

»Weißt du, Oscar, ich werde darum bemüht sein, daß du so wenig wie möglich zu leiden hast ... so böse, wie ich wirke, bin ich gar nicht ... Es wird höchstens drei Minuten dauern ...«

Labro mußte sich ab und zu kneifen, um sich zu versichern, daß er nicht schlief und einen bösen Alptraum hatte.

»Reich mir fürs erste mal die Flasche rüber ...«

Dann sprach er über andere Dinge, über Fische, das Boccia-Spiel, über Madame Labro, die er verabscheute, obwohl er sie nur von ferne gesehen hatte.

»Bist du nie auf den Gedanken gekommen, dich scheiden zu lassen? ... Das müßtest du tun ... gib doch zu, daß du nicht glücklich bist, daß sie dich wie ein Hündchen an der Leine hält ... Doch, doch ... Gib es zu! ...«

Er gab es zu. Obwohl es nicht ganz stimmte. Nur ein wenig. Aber es war besser, Jules nicht zu widersprechen, denn sonst bekam er einen furchtbaren Wutanfall.

»Wenn du dich scheiden lassen würdest, könnte ich sogar Gefallen daran finden, mich bei dir einzurichten ... Wir könnten Jojo als Dienstmädchen anstellen ...«

Monsieur Labro bohrte sich die Fingernägel tief in die Handflächen. Es gab Augenblicke, in denen er, egal wo, auf seinem Boot, auf der Caféterrasse bei Maurice, auf dem Platz, wo sie Boccia spielten, sich am liebsten zu seiner vollen Größe aufgerichtet und losgeheult hätte, losgeheult, so wie ein Hund den Mond anheult.

War vielleicht er jetzt derjenige, der verrückt wurde?

»Ich habe festgestellt, daß du kochen kannst ...«

»Ich bereite nur den Fisch zu ...«

»Das heißt doch wohl, daß du kochen kannst ... Man hört sogar, daß du auch das Geschirr spülst ... Was hältst du von meinem Vorschlag?«

»Sie wird nicht wollen ...«

Drei oder vier Tage später kam Jules wieder auf dieses Thema zu sprechen.

»Denk gut darüber nach ... Das könnte mich dazu verleiten, länger zu warten ... Im Grunde habe ich mein ganzes Leben in Hotels zugebracht, ich glaube, daß ich dazu geschaffen bin, mein eignes Heim zu haben ...«

»Und wenn ich Ihnen Geld gäbe, damit Sie sich anderswo einrichteten?«

»Oscar!«

Ein strenger Ruf zur Ordnung.

»Sieh dich vor, daß du nie mehr so etwas zu mir sagst, wenn es noch einmal vorkommt, so mache ich es sofort, hörst du? Sofort!«

Nach all dem begann Labro über die Frage, die der *Einbeinige* ihm gestellt hatte, während er die zweipfündige *Seeröte* aus dem Wasser zog, immer intensiver nachzudenken. Wie hatte er nur genau gesagt?

»Wie würdest denn du das anstellen, sag mal?«

Diese paar Worte wurden für Labro so etwas wie eine Offenbarung. Denn, warum sollte er nicht selbst tun können, was Jules tun wollte? Jules sagte:

»Ich bin sicher, daß es einen Weg gibt, dich umzubringen, ohne daß ich mich dabei erwischen lasse ...«

Warum sollte das nicht umgekehrt auch für ihn gelten? Warum sollte Labro seinen Gefährten nicht auf die gleiche Weise loswerden können? Als ihm dieser Gedanke zum erstenmal kam, ergriff ihn so große Angst, daß jeder sie ihm ansehen konnte, und er war froh, seine dunkle Brille aufzuhaben.

Von diesem Augenblick an begann er Jules zu belauern. Er sah, daß dieser sich morgens nach der dritten Flasche nicht mehr für den Fisch interessierte, sondern auf dem Boden des *Spiegelkastens* zusammensackte und allmählich in immer größere Schläfrigkeit versank. Ob er wirklich schlief? Ob er ihn trotzdem weiter beobachtete, obwohl es nicht so aussah?

Um es auszuprobieren, stand Labro mit einem Ruck auf und sah, wie sich Jules' Augen einen Spalt öffneten und ihn boshaft funkelnd ansahen, und er hörte eine verkaterte Stimme brummeln:

»Was machst du?«

Er hatte eine einleuchtende Antwort vorbereitet, aber er nahm sich vor, solche Versuche nicht mehr zu machen, um bei dem andern keinen Verdacht aufkommen zu lassen. Denn sonst hätte dieser es »sofort gemacht«, darüber bestand kein Zweifel.

Jules sagte:

»Vormittags verlaufen fast alle Strömungen von Ost nach West, so daß du ungefähr in die gleiche Richtung getrieben wirst wie das Boot, damit hast du einige Chancen, nicht weit vom Hafen zu landen ... «

Er beobachtete die Strömung im glatten Wasser. Labro beobachtete ebenfalls, nur die Leiche, die beide darin im Geiste schwimmen sahen, war nicht dieselbe.

»Verstehst du, ich muß es machen, während du aufrecht stehst. Denn du bist zu schwer. Wenn ich dich hochheben muß, um dich ins Wasser zu werfen, kann es leicht passieren, daß ich mit dir umkippe und das Boot kentert ...«

»Das stimmt«, sagte Labro zu sich. »Auch er ist schwer. Durch sein Holzbein kann man ihn sogar noch schlechter anpacken. Wenigstens habe ich den Vorteil, daß der Hammer zum Aufschlagen der Einsiedlerkrebschen auf meiner Seite liegt ...«

Am nächsten Tag korrigierte er sich:

»Nein, den Hammer nicht ... er würde gewiß Spuren hinterlassen ... Da er das Holzbein hat, genügt es, ihm einfach einen Stoß zu versetzen, damit er das Gleichgewicht verliert ...«

Sie beobachteten das Meer. Sie kannten ihre Ecke. Um eine bestimmte Uhrzeit fuhren die Fischer mit ihren Booten vorbei, nachdem sie auf der andern Seite der Insel ihre Netze eingeholt hatten. Dann gab es auch noch einen alten Rentner, der gegen acht Uhr früh eine halbe Meile vom *Spiegelkasten* entfernt ankerte und der einen Tropenhelm trug.

In dem Zeitraum nach der Durchfahrt der Fischer und vor acht Uhr also ...

Es gab einen Gefahrenpunkt, den Jules nicht kannte. Verborgen zwischen den Pinien am Ufer stand das Häuschen eines Maats, der die Mèdes-Festung bewachte. Labro wußte aber, daß er zweimal wöchentlich, dienstags und freitags, mit Baptistes Boot nach Hyères fuhr und dazu morgens gegen sieben Uhr von Zuhause aufbrechen mußte.

Viertel vor acht ... Dies war die geeignetste Uhrzeit ... dann müßte er nur noch darauf achten, daß der Leuchtturmwärter da oben nicht gerade an seiner Brüstung lehnte und mit dem Feldstecher aufs Meer hinausblickte.

»Es gibt Tage, Oscar, an denen ich mich frage, ob es nicht besser für mich wäre, allem schnell ein Ende zu machen ... Die Küche bei Maurice ist gut, aber es langweilt mich, immer die gleichen Gerichte essen zu müssen ... Ganz davon zu schweigen, daß es an Weibern fehlt ... *Jojo läßt nicht mit sich reden ...«*

Labro errötete wie ein Schuljunge. Bildete der andere sich vielleicht ein, daß er ihm ...

»Wir haben eine gute Zeit zusammen verbracht, das stimmt schon ... Wir sind fast Freunde geworden, das gebe ich zu ... Doch, doch! Ich meine, was ich sage ... deine Beerdigung wird mich traurig stimmen ... Wird man dich in Porquerolles begraben?«

»Ich habe dort ein Familiengrab ...«

»Gut! ... Das ist angenehmer, als im Wasser zu liegen ... Reich mir die Flasche, Oscar ... Trink zuerst ... Los! Laß deine Frau nur schimpfen und hör auf mich ...«

Tausende, Hunderttausende, Millionen Menschen führten anderswo – und nicht so weit von ihnen entfernt – ein normales Leben. Sollte das für Labro wirklich für alle Zeit vorüber sein?

»Was mich wundert, ist, daß du damals so grob warst, wo du es doch heute wirklich nicht an Höflichkeit mir gegenüber fehlen läßt ... Im Grunde bist du bürgerlich geworden, sehr bürgerlich ... Gib es zu ... Ich wette, du bist reicher, als du zugeben willst ... spekulierst du nicht an der Börse?«

»Ein wenig ...«

»Siehst du! Ich wußte es doch ... Dabei haben wir einmal beide gleich angefangen ... Wer weiß, wenn nicht das Ding mit dem Kanu passiert wäre und wenn ich nicht mein Bein verloren hätte, wäre ich heute vielleicht einer wie du ... Was für ein Schuft du doch warst! ... Denk doch einmal darüber nach ... Einen Menschen, einen Weißen in dieser ausweglosen Situation im Urwald zurückzulassen! Denkst du manchmal darüber nach, Oscar? ... Und dann auch noch grob zu werden! ... Mit Worten, die ich heute nicht einmal mehr aussprechen würde, obwohl ich kein Bürger bin ... Du kannst dir gar nicht vorstellen, *wie* du mich manchmal anekelst ...«

In solchen Augenblicken wagte es Labro nicht einmal aufzustehen, aus Angst, daß dies das Signal sein könnte. Ebenso achtete er darauf, daß der Hammer nicht in Jules' Nähe lag, auch der große Stein nicht, der als Ballast diente.

»Hast du eigentlich Angst vor dem Sterben? Komisch, ich überhaupt nicht. Das kommt daher, daß du ein Bürger geworden bist und etwas zu verlieren hast ...«

Na also, wenn Jules nichts zu verlieren hatte ...

»Ich weiß nicht einmal, ob meine Eltern noch leben ... ich hatte eine Schwester, die wahrscheinlich verheiratet ist, ich habe aber nie etwas von ihr gehört ... Es sei denn, auch sie hat es nicht geschafft ...«

Wie hieß er eigentlich mit Familiennamen? Dort unten in Gabun hatte er sein unglückseliges Schild nur mit »Jules« unterzeichnet. Jules, und wie weiter?

Labro fragte ihn. Der andere sah ihn erstaunt an.

»Na, Chapus natürlich ... Wußtest du das nicht? ... Jules Chapus ... Das ist doch mindestens so gut, wie Labro, oder? ... ich möchte wetten, daß es auch betuchte Leute namens Chapus gibt ... Reich mir die Flasche ... Nein, weißt du ... ich überlege ...«

Warum erhob er sich von seinem Sitz?

Labro krallte sich an dem seinen fest. Er krallte sich mit ganzer Kraft fest, der Schweiß brach ihm aber erst nachträglich aus, als er merkte, daß Jules nur aufgestanden war, um ein Bedürfnis zu verrichten.

Erst die Angst ... dann die Reaktion ... Er begann zu zittern ... Er zitterte von all der Todesangst, die er seit Monaten ausgestanden hatte, und so erhob plötzlich auch er sich, machte zwei Schritte nach vorn ...

Der Schiffbruch des Spiegelkastens

Er vergaß alles, was er sich so sorgfältig überlegt hatte, er dachte weder an den Maat noch an die heimkehrenden Fischer oder den alten Rentner mit dem Tropenhelm.

Dennoch war das Glück auf seiner Seite. Der Leuchtturmwärter beobachtete gerade das Meer durch seinen Feldstecher und machte später folgende Aussage:

»In einem bestimmten Augenblick, etwa zehn Minuten vor acht Uhr, blickte ich in Richtung Mèdes und sah zwei Männer, die sich an Bord des *Spiegelkastens* eng umschlungen hielten. Mein erster Gedanke war, daß einer von beiden vielleicht krank war und der andere ihn vor einem Sturz ins Wasser bewahren wollte. Dann habe ich begriffen, daß sie miteinander kämpften. Da ich ja ein paar hundert Meter von ihnen entfernt war, konnte ich nicht eingreifen. Dann fielen beide aufs Schandeck, und das Boot kenterte ...«

Genau in diesem Augenblick fuhr Vial, der Fischer, mit seinen beiden Söhnen um die Spitze des Mèdes-Felsen.

»Ich sah ein Boot, das umgekippt im Wasser lag, und erkannte den *Spiegelkasten.* Ich habe schon immer gesagt, daß er einmal kentern würde, denn er hat allzuviele Aufbauten. Im ersten Augenblick, als wir die beiden Männer im Wasser entdeckten, konnten wir sie noch nicht genau erkennen ... Ich glaube, daß Monsieur Labro, der ein guter Schwimmer ist, versuchte, seinen Begleiter an der Wasseroberfläche zu halten, oder aber daß dieser sich, wie es in solchen Fällen häufig vorkommt, an ihm festkrallte ...«

Der Rentner hatte nichts gesehen.

»Ich war gerade dabei, eine Goldbrasse aus dem Wasser zu ziehen ... Ich habe ein Geräusch gehört, aber nicht darauf geachtet ... Übrigens befand sich das Boot Monsieur Labros auf der Sonnenseite, so daß ich geblendet war und nicht viel erkennen konnte ...«

Niemand hatte also genau gesehen, was geschehen war. Niemand, außer Labro. Als er ganz dicht hinter Jules gestanden hatte, so dicht, daß er ihn berühren konnte, hatte dieser sich umgedreht, und sein Gesichtsausdruck war nicht mehr drohend oder wütend, sondern er verriet *unglaubliche* Todesangst.

Unglaublich, weil Labro plötzlich einen ganz anderen Menschen vor sich sah, einen Menschen, der Angst hatte, dessen Augen flehentlich blickten, einen Mann, der mit zitternden Lippen stammelte:

»Tun Sie das nicht, Monsieur Labro!«

Jawohl, er hatte gesagt:

»Tun Sie das nicht, Monsieur Labro! ...«

Und nicht etwa:

»Tu das nicht, Oscar!«

Er hatte es mit einer Stimme gesagt, die Labro an ihm nicht kannte, mit einer Stimme, die ihn aufrührte. Aber es war zu spät. Er konnte nicht mehr zurück. Erstens, weil er jetzt in Schwung war, und zweitens, weil man ja nicht wissen konnte, wie es dann weitergegangen wäre. Wie sollte man einem Menschen noch gegenüber treten, nachdem man versucht hatte, ihn umzubringen? Es ging nicht anders, nicht mehr anders.

Übrigens dauerte es nur einige Sekunden. Labro versetzte Jules einen Stoß mit den Schultern, der schon hätte genügen müssen, um ihn ins Wanken zu bringen, aber Jules umklammerte ihn fest, weiß Gott, wie ihm das gelungen war, weiß Gott überhaupt, wie sie sich einige Sekunden lang hatten im Gleichgewicht halten können, während das Boot durch ihre Bewegungen ins Schlingern geraten war.

Sie keuchten, alle beide keuchten. Sie hatten sich noch nie so aus der Nähe gesehen, und beide empfanden Angst.

Sie waren gleich groß, gleich breitschultrig, gleich stark und hielten sich eng umschlungen, wie es der Leuchtturmwächter bestätigte. Jules japste:

»Hören Sie, ich ...«

Zu spät! Zu spät für jedes Wort! Jetzt mußte einer von ihnen der Schwächere sein, einer von ihnen umfallen.

Sie fielen dann alle beide um, zusammen mit dem *Spiegelkasten,* der zur Seite kippte.

Im Wasser klammerten sie sich aneinander, oder vielmehr, der *Einbeinige* klammerte sich an Labro, und seine Augen waren vor Entsetzen geweitet.

Versuchte er nicht zu sprechen? Er öffnete den Mund, doch er brachte kein Wort hervor, und mit jedem Wellenschlag schluckte er neues Salzwasser.

Ein Motorengeräusch. Ein Boot kam näher. Woher wußte Labro trotz allem, daß dies Vials Boot war? Er fühlte es wahrscheinlich unbewußt. Er schlug um sich, wollte sich befreien. Er traf mitten ins Gesicht des andern, verletzte sich die Faust an dessen Nasenbein.

Das war alles. Vial rief ihm zu:

»Halten Sie durch, Monsieur Labro ...«

Schwamm er? Blutete er? Er hatte seine Brille verloren. Eine Angelschnur hatte sich um seine Beine gewickelt.

»Pack ihn, Ferdinand ...«, rief Vial einem seiner Söhne zu. Man ergriff ihn wie ein großes, schweres Paket. Man angelte nach ihm mit einem Bootshaken, der ihm in die Taille einschnitt.

»Halt ihn fest, Papa ... Warte, ich packe ihn am Bein ...«

Und dann klatschte er triefnaß auf das Deck von Vials Boot. In seinen Augen standen Tränen, die andern hielten sie für Meerwasser. Nur Labro wußte genau, daß es Tränen waren.

Er brauchte fast nicht zu lügen. Alle anderen logen für ihn, ohne es selbst zu wissen. Das ganze Dorf, die ganze Insel hatte die Geschichte schon in allen Einzelheiten rekonstruiert, bevor er noch verhört wurde.

»Haben Sie ihn gut gekannt?« fragte ihn ein Kommissar und sah ihn verständnisinnig an.

»Ich bin ihm früher einmal in Afrika begegnet ...«

»Und da waren Sie so gutmütig, ihn bei sich aufzunehmen ... er hat Sie nach Strich und Faden ausgenutzt ... genügend Zeugenaussagen bestätigen uns das ... Er hat allen Leuten hier das Leben vermiest ...«

»Aber ...«

»Nicht nur, daß er immer schon am frühen Morgen betrunken war, er zeigte sich doch auch absichtlich gegenüber jedermann so bösartig, ja er bedrohte alle ... Als der Unfall geschah, hatte er wohl bereits zwei Flaschen getrunken, stimmt's?«

»Ich weiß nicht mehr ...«

»... mehr als wahrscheinlich, an dem gemessen, was er sonst so trank ... Er hat Sie beleidigt ... Vielleicht hat er Sie auch angegriffen ... Jedenfalls haben Sie aufeinander eingeschlagen ...«

»Wir haben aufeinander eingeschlagen ...«

»Sie waren ja nicht bewaffnet?«

»Nein, ich habe nicht einmal den Hammer genommen ...«

Niemand achtete auf diese seine Antwort, die er sofort bereute, denn sie hätte verräterisch sein können.

»Er hat das Gleichgewicht verloren, und das Boot ist umgekippt ... Er hat sich an Sie festgeklammert ...«

Dann faßte der Kommissar zusammen:

»Gewiß, eine unangenehme Geschichte, aber doch auch eine ganz schöne Erlösung ...«

Träumte Labro noch? Verwandelte sich sein Alptraum der letzten Wochen plötzlich in einen süßen Traum, in dem sich alles von alleine löste?

Das wäre zu einfach gewesen. Das wäre doch nicht mit rechten Dingen zugegangen.

»Ich bitte um Verzeihung für das, was ich getan habe ...«

»Nein, nein! Sie haben sich doch nur gewehrt, und das war Ihr gutes Recht. Bei Leuten dieses Schlages ...«

Labro runzelte die Stirn. Warum konnte er sich des Eindrucks nicht erwehren, daß bei dieser ganzen Geschichte irgend etwas nicht stimmte? Das war doch wirklich alles zu einfach. Er fühlte sich beunruhigt, unglücklich. Und da er ein wenig Fieber hatte, brachte er Vergangenheit und Gegenwart durcheinander, zog Schlüsse, die die andern nicht verstehen konnten, redete einmal von einem Kanu in Umbolé, dann wieder vom *Spiegelkasten*.

»Ich weiß genau, daß ich das nicht hätte tun dürfen ...«

»Ihre Frau, Maurice und Vial haben uns schon alles erzählt ...«

Wie konnten diese Leute, die von nichts eine Ahnung hatten, etwas erzählen?

»Sie waren zu großzügig, zu gastfreundlich. Schließlich muß man ja ein Individuum, das plötzlich auftaucht, nicht schon deshalb bei sich aufnehmen, weil man früher einmal ein paar Gläser mit ihm getrunken hat. Sehen Sie, Monsieur Labro, Ihr einziger Fehler war, daß Sie sich nicht über ihn informiert haben. Wenn Sie einmal zu uns gekommen wären ...«

Wie? Was erzählte man ihm jetzt? Worüber denn informieren?

»Dieser Mann wurde in mindestens fünf Ländern wegen Betrügereien gesucht ... Er war ziemlich abgebrannt. Wo immer er hinging, mußte er mit einer Festnahme rechnen. Daher möchte ich noch einmal sagen, es ist eine ganz schöne Erlösung für uns, daß dieser Schuft Marelier ausgespielt hat ...«

Monsieur Labro erstarrte einen Augenblick, verstand noch nicht richtig. Er lag in seinem Bett: er erkannte den Schattenwurf, den die Sonne durch die Vorhänge an die Wand zeichnete.

»Entschuldigen Sie ...« sagte er höflich und mit einer Stimme, die wie aus weiter Ferne kam. »Wie haben Sie gesagt?«

»Marelier ... Jules Marelier ... Seit zwanzig Jahren macht er Nordafrika und den Vorderen Orient unsicher, unentwegt in Betrügereien und Schwindeleien verwickelt. Davor hat er zehn Jahre wegen Einbruchsdiebstahls in Fresnes gesessen ...«

»Einen Augenblick ... einen Augenblick ... sind Sie sicher, daß er Jules Marelier heißt?«

»Wir haben nicht nur seine Papiere in seinem Koffer gefunden, sondern besitzen auch seine Fingerabdrükke und seinen Steckbrief ...«

»... Und wann genau ... Oh, ich bitte Sie um Entschuldigung, mein Kopf ... wann genau war er in Fresnes?«

»Vor dreißig Jahren ...«

»Und sein Bein ...«

»Was ist mit seinem Bein?«

»Wie hat er sein Bein verloren?«

»Bei einem Ausbruchsversuch ... Er ist aus zehn Meter Höhe auf einen Eisenzaun gefallen, den er vorher nicht gesehen hatte ... Sie wirken erschöpft, Monsieur Labro ... Der Arzt ist nebenan bei Ihrer Frau ... Ich werde ihn rufen ...«

»Nein, warten Sie ... Wann ist er nach Gabun?«

»Überhaupt nie ... Wir haben seinen ganzen Lebenslauf hier ... Weiter südlich als bis Dakar ist er in Afrika nicht gekommen ... Fühlen Sie sich schlecht?«

»Es geht schon ... So ist er also niemals im Sumpf von Umbolé gewesen?«

»Wie bitte?«

»In einer bestimmten Gegend Gabuns.«

»Ich sage Ihnen doch ...«

Da brach Monsieur Labro verzweifelt zusammen und schrie:

»Dann ist es gar nicht er! Er ist nicht derselbe Jules ...«

Der Polizeikommissar ging zur Tür und rief ängstlich hinaus:

»Doktor ...! Ich glaube, es geht ihm schlecht ...«

»Nein, nein! Lassen Sie mich ...«, wehrte er schreiend ab. »Sie können nicht verstehen ... Es war ein anderer Jules ... Ich habe einen anderen Jules getötet ... einen anderen Jules, der ...«

»So beruhige dich doch, du brauchst dich nicht aufzuregen. Du hast phantasiert, mein armer Oscar ...«

»Was habe ich gesagt?«

»Allerhand Blödsinn ... Aber du hast uns ganz schön Angst eingejagt ... Wir haben schon befürchtet, du würdest einen Schlaganfall bekommen ...«

»Was habe ich denn gesagt?«

»Du hast immer von den Jules geredet, von den beiden Jules ... denn in deinem Alptraum gab es immer zwei ...«

Er lächelte bitter.

»Das geht ja noch.«

»Du hast behauptet, du hättest umsonst getötet ... Nein ... reg dich nicht auf ... Nimm jetzt deine Arznei ... die wird dir gut tun ... danach kannst du schlafen ...«

Er zog es vor, seine Arznei zu nehmen und zu schlafen, denn das war alles zu schrecklich. Er hatte einen Menschen getötet, nur so. Er hatte einen Jules getötet, der nicht der richtige Jules war, sondern ein armer Kerl, der ihm bestimmt nichts Böses antun wollte, ein gewöhnlicher Gauner, der ihn nur durch gelegentliche Drohungen erpressen wollte, um auf seine Kosten ein angenehmes Leben in Porquerolles führen zu können.

Er hörte noch des Einbeinigen Stimme, als dieser ihn in höchster Not angefleht hatte:

»Tun Sie das nicht, Monsieur Labro!«

Ohne ihn zu duzen. Nicht in grobem Ton. Fast mit Respekt. Er hatte sich immer nur zum Schein anders aufgeführt.

Und er, Labro, hatte ganz umsonst Angst gehabt, ganz umsonst getötet.

»Nun, Monsieur Labro, eine schöne Erlösung, wie? Endlich werden wir wieder in Frieden Boccia spielen können ...«

Frieden herrschte auch bei Maurice in der ›Arche de Noé‹, wo man nicht mehr das bedrohliche Gepolter mit dem Holzbein durch die Decke und auf der Treppe mit anhören mußte.

»Und da haben Sie uns nun ans Herz gelegt, geduldig mit ihm zu sein, weil er da unten in Gabun so viel zu leiden gehabt habe ... dabei war er überhaupt nicht ein einziges Mal dort! ... Einen Schluck Weißen, Monsieur Labro?«

»Nein danke ...«

»Fühlen Sie sich nicht wohl?«

»Es wird schon wieder ...«

Wohl oder übel mußte er sich nun damit abfinden, ein Mörder zu sein. Wozu sollte er da sein Geheimnis unbedingt jedem auf die Nase binden?

All dies war nur geschehen, weil irgendein Gauner, der es satt hatte, sich von der Polizei durch die ganze Welt hetzen zu lassen, eines Abends in einer Bar oder sonstwo von ehemaligen Kolonisten die Geschichte des Kanus gehört hatte, die Geschichte des echten Jules Chapus, jenes Chapus, der dann fünfzehn Jahre nach seinem Abenteuer in Umbolé irgendwo in Indochina, wohin ihn seine Gesellschaft geschickt hatte, eines, wenn man so sagen kann, schönen Todes gestorben war.

Und es war auch nur geschehen, weil dieser Gauner eines Tages in Addis-Abeba ganz zufällig eine Nummer des *Petit Var* in die Finger bekommen und darin den Namen Oscar Labro gelesen hatte. Und so war er auf die Idee gekommen, seine Tage geruhsam auf der Insel Porquerolles zu beschließen.

24. November 1946.

Der kleine Schneider und der Hutmacher

Der kleine Schneider hat Angst und heftet sich seinem Nachbarn, dem Hutmacher, an die Fersen

Kachoudas, der kleine Schneider aus der Rue des Prémontrés, hatte Angst, das war ganz klar. Tausende, oder vielmehr, alle zehntausend Einwohner der Stadt, ausgenommen nur die kleinen Kinder, hatten Angst, aber die wenigsten gestanden es ein – noch nicht einmal sich selbst, wenn sie vor dem Spiegel standen.

Es waren schon ein paar Minuten vergangen, seit Kachoudas die Glühbirne angezündet, sie mit einem Draht über seinen Arbeitsplatz herangezogen und dort befestigt hatte. Obwohl noch nicht einmal vier Uhr nachmittags, wurde es schon dunkel, denn es war November. Seit vierzehn Tagen regnete es unaufhörlich. In der Wochenschau mit Berichten aus Frankreich und dem Ausland, die in dem kaum hundert Meter von der Schneiderwerkstatt entfernten, violett beleuchteten Kino lief, waren Leute zu sehen, die mit Booten durch überschwemmte Straßen fuhren, und Bauernhöfe mitten in reißenden Strömen, von denen ganze Bäume fortgeschwemmt wurden.

Es kam natürlich alles zusammen. Wäre es nicht

Herbst gewesen und ab halb vier Uhr nachmittags dunkel, hätte es nicht Tag und Nacht so gegossen, daß alle Kleider durchnäßt waren und niemand mehr etwas Trocknes zum Anziehen hatte, und hätte nicht außerdem auch noch ein Sturm durch die engen Straßen getobt, der die Schirme einfach umstülpte wie Handschuhe, hätte Kachoudas keine Angst gehabt, und wahrscheinlich wäre dann auch nichts passiert.

Er saß, wie es seinem Handwerk entsprach, im Schneidersitz auf einem großen Tisch, der durch dreißigjährigen täglichen Gebrauch von seinen Schenkeln ganz blank poliert worden war. Die Werkstatt befand sich im Zwischengeschoß genau über dem Laden in einem sehr niedrigen Raum. Genau gegenüber, auf der andern Straßenseite, hing ein riesiger roter Zylinder über dem Gehsteig: das Firmenschild des Hutmachers. Unter dem Hut konnte Kachoudas durch ein Schaufenster in den Laden von Monsieur Labbé hineinsehen.

Der Laden war schlecht beleuchtet. Die Glühbirnen mußten mit einer dicken Staubschicht bedeckt sein, die das Licht trübte. Auch das Schaufenster war schon seit langem nicht mehr gereinigt worden. Diese Einzelheiten waren weniger wichtig, aber auch sie spielten eine Rolle. Die Hutmacherei war eine alte Hutmacherei, und die Straße war eine alte Straße, einst einmal Hauptgeschäftsstraße, bevor große Kaufhäuser wie *Prisunic* mit ihren leuchtenden Auslagen in einer anderen Stadtgegend, mehr als fünfhundert Meter von hier entfernt, eröffnet wurden; daher waren die paar Geschäfte, die es in dieser schlechtbeleuchteten Straße noch gab, alte Geschäfte, und man konnte sich fragen, ob sich überhaupt noch Kunden hierher verirrten.

Auch diese Tatsache konnte die Angst noch steigern. Andererseits war es aber jetzt Zeit. Um diese Nachmittagsstunde nämlich spürte Kachoudas stets ein merkwürdiges Unbehagen: sein Körper, in langen Jahren daran gewöhnt, verlangte nun dringend nach einem Glas Weißwein.

Und der Körper des gegenüberwohnenden Hutmachers verlangte genau dasselbe. Auch für ihn war es Zeit. Schon sah Kachoudas Monsieur Labbé ein paar Worte mit seinem rothaarigen Verkäufer Alfred wechseln und dann einen dicken Mantel mit Samtkragen überziehen.

Der kleine Schneider sprang vom Tisch, zog seinen Rock an, band sich die Krawatte um, und während er die Wendeltreppe hinunterstieg, rief er in den rückwärtigen Teil des Hauses hinein: »Ich bin in einer Viertelstunde zurück ...«

Das stimmte nicht. Er blieb immer eine halbe, manchmal sogar eine ganze Stunde weg. In all den Jahren aber hatte er stets angekündigt, in einer Viertelstunde zurück zu sein.

Gerade als er den Regenmantel anzog, den ein Kunde hier vergessen und niemals abgeholt hatte, hörte er die Klingel an der Ladentür des Hutmachers. Monsieur Labbé schlug den Mantelkragen hoch, steckte die Hände in die Taschen und ging eng an den Häusern entlang in Richtung der Place Gambetta.

Nun klingelte es auch an der Ladentür des kleinen Schneiders. Kachoudas ging in einem Abstand von kaum zehn Metern hinter seinem stattlichen Nachbarn her in den Regen hinaus, der ihm ins Gesicht peitschte. *Sie waren weit und breit die einzigen Menschen auf der Straße, wo es nur vereinzelte Gaslaternen gab, zwischen denen große unbeleuchtete Strecken lagen.*

Kachoudas hätte ein paar eilige Schritte machen und den Hutmacher einholen können. Sie kannten sich. Sie grüßten sich, wenn sie zum Beispiel beide zu gleicher Zeit ihre Fensterläden öffneten. Sie sprachen auch miteinander im Café de la Paix, wo sie beide in ein paar Minuten sein würden.

Aber es gab zwischen ihnen Rangunterschiede. Monsieur Labbé war Monsieur Labbé, und Kachoudas war eben nur Kachoudas. Der letztere folgte also dem ersteren, was ihm schon genug Sicherheit gab, denn würde man ihn in diesem Augenblick überfallen, so bräuchte er nur zu schreien, um den Hutmacher aufmerksam zu machen.

Oder würde der Hutmacher in dem Fall einfach davonlaufen? Kachoudas dachte an diese Möglichkeit. Dabei lief es ihm kalt über den Rücken, und aus Angst vor den finsteren Winkeln und Gäßchen, die für einen Überfall aus dem Hinterhalt wie geschaffen waren, ging er von nun an mitten auf der Straße.

An sich war es nur eine Sache von wenigen Minuten. Am Ende der Rue des Prémontrés lag schon der beleuchtete Platz, wo es trotz des peitschenden Regens Passanten gab und man gewöhnlich auch dem Schutzmann auf Streife begegnete.

Die beiden Männer bogen hintereinander links um die Ecke. Im dritten Haus befand sich das Café de la

Paix mit strahlend hell erleuchteten Fenstern, der beruhigenden Wärme, den Stammgästen an ihren Plätzen und dem Garçon Firmin, der diesen beim Kartenspiel zusah.

Monsieur Labbé zog den Mantel aus und schüttelte das Wasser ab. Firmin nahm ihm das Kleidungsstück ab und hängte es an den Haken. Kachoudas trat nun ebenfalls ein, aber ihm wurde von niemandem der Regenmantel abgenommen. Das war ganz natürlich, denn er war ja nur Kachoudas.

Die Spieler und die Gäste, die dem Spiel zusahen, drückten dem Hutmacher die Hand, der sich genau hinter dem Arzt hinsetzte. Dieselben Leute nickten Kachoudas nur zu, oder nicht einmal das. Er fand nur noch einen leeren Stuhl nahe am Ofen, wo seine Hosenbeine bald zu dampfen anfingen.

Gerade diesen dampfenden Hosenbeinen aber sollte Kachoudas seine Entdeckung verdanken. Er betrachtete sie genau und dachte dabei, daß der Stoff, nicht gerade beste Qualität, nun noch mehr eingehen würde. Danach betrachtete er auch die Hosenbeine Monsieur Labbés, und zwar mit Schneiderblick, um zu sehen, ob sie vielleicht aus besserem Stoff wären.

Denn selbstverständlich ließ Monsieur Labbé nicht bei ihm arbeiten. Keiner dieser Vier-Uhr-Stammgäste, alles Honoratioren, ließ bei dem kleinen Schneider arbeiten, ihm überließ man bestenfalls Kleidungsstücke zur Reparatur oder zum Wenden.

Auf dem Fußboden lagen Sägespäne. Die naßen Schuhe hatten merkwürdige Muster darin hinterlassen, zwischen denen hie und da kleine Dreckhaufen lagen. Monsieur Labbé trug feine Schuhe. Seine Hose war von dunkelgrauer, fast schwarzer Farbe.

Am Aufschlag des linken Hosenbeins befand sich ein kleiner weißer Punkt. Wäre Kachoudas nicht Schneider gewesen, hätte er sich darum gewiß nicht gekümmert. Aber so dachte er wohl, an Monsieur Labbés Hose hinge ein Faden, denn Schneider sind daran gewöhnt, überall Fäden abzuzupfen. Und hätte er nicht eine so demütige Gesinnung gehabt, wäre er auch nicht auf die Idee gekommen, sich hinunterzubeugen.

Der Hutmacher beobachtete ihn ein wenig überrascht. Kachoudas zupfte das weiße Ding ab, das in den Hosenaufschlag geraten, aber dann doch kein Faden war, sondern ein winziges Stück Papier.

»Entschuldigen Sie ...«, murmelte er.

Denn er entschuldigte sich immer. Die Kachoudas hatten sich seit eh und je entschuldigt. Schon vor Jahrhunderten, als sie aus Armenien nach Smyrna oder Syrien verschlagen worden waren, hatten sie aus Vorsicht diese Gewohnheit angenommen.

In dem Augenblick, als er sich mit dem Stückchen Papier zwischen Daumen und Zeigefinger wieder aufrichtete, dachte er an nichts. Oder vielmehr, er dachte:

»Es ist kein Faden ...«

Er sah auf Beine und Füße der Spieler, auf die gußeisernen Füße der Marmortische, die weiße Schürze Firmins. Statt den Papierfetzen einfach auf den Boden zu werfen, streckte er ihn dem Hutmacher entgegen und wiederholte:

»Entschuldigen Sie ...«

Denn der Hutmacher hätte sich ja fragen können, was Kachoudas an seinem Hosenaufschlag zu suchen gehabt hatte.

In dem Augenblick nun, in dem Monsieur Labbé nach dem Fetzchen griff, das kaum größer als Konfettipapier war, erstarrte Kachoudas plötzlich und fühlte einen Schauer im Rücken.

Das Schlimmste war, daß er dem Hutmacher dabei geradewegs ins Gesicht sah und daß auch dieser ihn anblickte. So starrten sie sich beide lange an. Die andern kümmerten sich nicht um sie. Spieler und Zuschauer waren ganz auf die Partie konzentriert. Monsieur Labbé war früher einmal sehr dick gewesen und dann eingeschrumpft, was ihm trotz noch immer vorhandener Leibesfülle ein schlaffes Aussehen gab. Seinen welken Zügen war selten Bewegung anzumerken, auch in diesem entscheidenden Augenblick blieben sie völlig ausdruckslos.

Er ergriff den Papierfetzen, rollte ihn zwischen den Fingern zu einer Kugel, die kaum größer war als ein Stecknadelkopf.

»Danke, Kachoudas.«

Noch tagelang fragte sich Kachoudas, ob die Stimme des Hutmachers bei diesen Worten natürlich geklungen hatte oder ironisch, drohend, sarkastisch?

Jedenfalls zitterte der Schneider und hätte fast sein Glas umgestoßen, an das er sich unwillkürlich festgeklammert hatte.

Auf keinen Fall durfte er Monsieur Labbé noch einmal anblicken. Das war zu gefährlich. Es ging um Leben und Tod. Sofern Kachoudas' Leben nicht ohnehin verwirkt war!

Er saß wie angenagelt auf seinem Stuhl, dabei hatte er aber den Eindruck, an allen Gliedern zu zucken. Er mußte sich mit aller Kraft zurückhalten, um nicht hochzuspringen und eilends davonzulaufen.

Was wäre geschehen, wenn er sich erhoben und geschrien hätte: »Er ist es!«

Es überlief ihn heiß und kalt. Die Hitze, die der Ofen ausstrahlte, brannte auf seiner Haut, aber gleichzeitig hätte er mit den Zähnen klappern können. Er erinnerte sich plötzlich an die Rue des Prémontrés, auf der er, Kachoudas, dem Hutmacher so nah wie möglich auf dem Fuß gefolgt war, weil er Angst hatte. Das war nicht nur heute vor einer Viertelstunde so geschehen, sondern auch schon bei früheren Gelegenheiten. *Sie waren weit und breit die einzigen Menschen auf der dunklen Straße gewesen!*

Und nun hatte Kachoudas erkannt, daß ausgerechnet Monsieur Labbé es war! Er hätte ihn gern verstohlen angeblickt, aber er wagte es nicht. Konnte nicht schon ein einziger Blick sein Ende bedeuten?

Vor allem durfte er sich keinesfalls mit der Hand an den Hals fassen, was er so zwanghaft gern getan hätte, wie man sich etwa bei heftigem Juckreiz kratzen möchte.

»Noch einen Weißwein, Firmin ...«

Damit beging er wieder einen Fehler, denn gewöhnlich bestellte er erst, wenn er schon etwa eine halbe Stunde hiersaß, ein zweites Glas. Was sollte er nur tun? Was konnte er überhaupt tun?

Im Café de la Paix gab es ringsum Spiegel, die das Bild des von Pfeifen und Zigaretten aufsteigenden Rauches zurückwarfen. Monsieur Labbé war der einzige, der Zigarre rauchte, und Kachoudas bekam ab und zu den Qualm voll ins Gesicht. Hinten rechts neben den Toiletten befand sich eine Telefonzelle. Konnte er nicht vorgeben, die Toilette zu betreten, dann aber rasch in die Telefonkabine schlüpfen?

»Hallo ... Polizei? ... Er ist hier ...«

Was aber würde geschehen, wenn Monsieur Labbé die Kabine hinter ihm beträte? Kein Mensch würde etwas hören. Es hatte sich jedesmal lautlos vollzogen. Keines der Opfer, der sechs Opfer, hatte geschrien. Gut, es waren alte Frauen gewesen. Der Mörder hatte immer nur alte Frauen umgebracht. Deshalb konnten die Männer sich auch großtun und sich auf die Straße trauen. Aber konnte man so sicher sein, daß er nicht doch einmal eine Ausnahme machen würde?

»Er ist hier ... Holen Sie ihn schnell ab ...«

Dafür würde er sogar zwanzigtausend Francs bekommen. Soviel hatte man als Belohnung für die Ergreifung des Mörders ausgesetzt, und viele Leute versuchten, an dieses Geld zu kommen, indem sie die haarsträubendsten Beschuldigungen äußerten, so daß die Polizei inzwischen völlig überfordert war.

Mit zwanzigtausend Francs könnte er ...

Aber wer würde ihm Glauben schenken, wenn er behauptete:

»Der Hutmacher ist es!«

Man würde ihm antworten:

»Beweisen Sie das.«

»Ich habe zwei Buchstaben gesehen ...«

»Was für Buchstaben denn?«

»Ein n und ein t.«

Dabei war er, was das t betraf, nicht einmal sicher.

»Was wollen Sie damit sagen, Kachoudas?«

Man würde streng mit ihm reden; mit allen Kachoudas dieser Welt redet man streng ...

»... in seinem Hosenaufschlag ... Er hat sie zu einem Kügelchen zerknüllt ...«

Aber wo war es denn geblieben, dieses stecknadelkopfgroße Kügelchen? Suchen Sie es doch! Vielleicht hatte Monsieur Labbé es auf den Boden geworfen und mit dem Absatz in der Sägespäne zertreten? Vielleicht hatte er es verschluckt?

Und im übrigen, was wäre damit bewiesen gewesen? Daß der Hutmacher zwei Buchstaben aus einer Zeitung ausgeschnitten hatte? Noch nicht einmal das. Dieser Papierfetzen konnte doch irgendwo in seinen Hosenaufschlag geraten sein. Ja, und außerdem hätte er ja auch zu seinem Vergnügen Buchstaben aus den Zeitungen ausgeschnitten haben können.

Derlei Überlegungen konnten auch einen stärkeren Mann als den kleinen Schneider aus der Fassung bringen, jeden der Männer, die hier saßen etwa, alles wohlhabende Leute im übrigen, ein Großhändler, ein Arzt, ein Versicherungskaufmann, ein Weinhändler – Leute, die es sich leisten konnten, fast den ganzen Nachmittag Karten zu spielen und eine Reihe von Aperitifs zu trinken. Sie wußten aber nichts davon. Niemand außer Kachoudas wußte etwas davon.

Und Monsieur Labbé wußte, daß Kachoudas ...

Er schwitzte so stark, als habe er mehrere Grogs getrunken und Mengen von Aspirin geschluckt. Ob dem Hutmacher seine Verwirrung aufgefallen war? Ob man es ihm angesehen, daß er begriffen hatte, was das für ein Papierfetzen war?

Aber wie sollte man denn über so einschneidende Dinge nachdenken können, ohne daß es einem anzumerken war, vor allem, wenn der andere kaum zwei Meter entfernt saß und seine Zigarre rauchte und man auch noch so tun mußte, als schaute man den Belote-Spielern zu!

»Einen Weißwein, Firmin ...«

Er hatte es wider seinen Willen gesagt, denn seine Kehle war wie ausgedörrt. Drei Glas Weißwein, das war zuviel. Gewöhnlich trank er nicht soviel, höchstens einmal bei der Geburt eines Kindes. Er hatte schon acht Kinder. Und das neunte war unterwegs. Kaum war eines geboren, war das nächste schon unterwegs. Er konnte nichts dafür. Die Leute sahen ihn jedesmal vorwurfsvoll an.

Bringt man einen Mann um, der acht, bald neun Kinder hat, im nächsten Jahr wahrscheinlich zehn?

Einer der Männer – der Versicherungskaufmann –, der die Karten ausgab, sagte gerade in diesem Augenblick:

»Merkwürdig ... schon seit drei Tagen hat *er* keine alte Frau mehr umgebracht ... *Er* bekommt wohl langsam Angst ...«

Dies zu hören, zu wissen, was Kachoudas wußte und es doch fertigzubringen, den Hutmacher nicht anzusehen! Aber er hatte kein Glück: mit größter Anstrengung war es ihm gelungen, stur geradeaus zu sehen, da traf sein Blick im Spiegel jenen Monsieur Labbés, der ihn fixierte. Der Hutmacher hatte einen undurchdringlichen Gesichtsausdruck, aber er fixierte ihn, Kachoudas, der den Eindruck hatte, daß ein unbestimmtes Lächeln die Lippen seines Gegenübers umspielte. Er fragte sich sogar, ob dieser ihm nicht im nächsten Augenblick wie einem Komplizen zuzwinkern würde, als wollte er damit sagen: »Zu komisch, wie?«

Kachoudas hörte sich sagen:

»Garçon ...«

Nein, das durfte er nicht tun. Drei Gläser waren schon mehr als genug gewesen. Vor allem, da er das Trinken nicht vertrug.

»Monsieur?«

»Nein, nichts ... danke ...«

Genau besehen, war es nicht ausgeschlossen, daß sich die Sache anders aufklärte. Zwar hatte der kleine Schneider keine klare Vorstellung, wie, aber es konnten ja auch *zwei* Männer hinter der ganzen Sache stekken: einer war der Mörder der alten Frauen, über den man überhaupt nichts wußte, außer, daß er innerhalb von drei Wochen sechs Opfer getötet hatte, und der andere war vielleicht ein Narr, der sich einen Spaß daraus machte, seine Mitbürger mit den Briefen in Panik zu versetzen, für die er Buchstaben aus Zeitungen ausschnitt und sie dann an den *Courrier de la Loire* schickte?

Warum auch nicht? Es gibt doch Leute, die auf solche Ideen kommen.

Allerdings, wenn es zwei Beteiligte gab, wie sollte

dann derjenige, der die Briefe verfaßte, vorhersehen, was der andere vorhatte?

Denn mindestens drei dieser Morde waren vorher angekündigt worden. Und zwar stets auf die gleiche Weise: Die Briefe mit den aus dem *Courrier de la Loire* ausgeschnittenen und sorgfältig aufgeklebten Buchstaben wurden mit der Post an den *Courrier de la Loire* geschickt.

»Die mobile Brigade wurde umsonst gerufen. Morgen die dritte alte Frau.«

Es gab auch längere Mitteilungen. Gewiß eine mühsame Arbeit, alle Wörter, die man brauchte, aus der Zeitung herauszusuchen und sie zusammenzusetzen wie ein Puzzle.

»Kommissar Micou hält sich für schlau, weil er aus Paris kommt, aber er ist ein Waisenknabe. Er sollte nicht soviel Burgundertrester trinken, davon bekommt er eine rote Nase ...«

Kam Kommissar Micou, der von der Sûreté Nationale hierhergeschickt worden war, um die Untersuchung zu leiten, nicht tatsächlich von Zeit zu Zeit ins Café de la Paix, um ein Glas zu trinken? Der kleine Schneider hatte ihn selbst gesehen. Bei solchen Gelegenheiten hatte man den Kommissar, der tatsächlich gern Burgundertrester trank, in vertrauliche Gespräche gezogen:

»Nun, Herr Kommissar?«

»Wir werden ihn kriegen, fürchten Sie nichts. Solche Irren machen immer irgendwann einmal einen Fehler. Sie sind zu stolz auf sich. Sie müssen einfach über ihre Heldentaten reden.«

Auch der Hutmacher war dabei gewesen, als der Polizist dies gesagt hatte.

»*Idioten, die keine Ahnung haben, behaupten, ich würde aus Feigheit nur alte Frauen umbringen. Wenn es aber nun so ist, daß ich alte Frauen auf den Tod nicht leiden kann? Ist das vielleicht nicht mein gutes Recht? Sie sollen nur so weitermachen, dann werde ich, um es ihnen zu zeigen, auch einmal einen Mann umbringen. Sogar einen großen und kräftigen. Das spielt für mich keine Rolle. Dann werden sie ja sehen ...*«

Und Kachoudas, der ganz klein und schmächtig, nicht kräftiger als ein fünfzehnjähriger Junge war!

»Sehen Sie, Herr Kommissar ...«

Der Schneider sprang auf. Kommissar Micou war soeben gemeinsam mit dem Zahnarzt Pijolet eingetreten. Er war fett und strahlte Optimismus aus. Er drehte einen Stuhl um und setzte sich rittlings darauf vor die Spieler, zu denen er herablassend sagte:

»Lassen Sie sich nicht stören ...«

»Wir sind auf dem besten Wege.«

»Haben Sie eine Fährte?«

Kachoudas sah im Spiegel, daß Monsieur Labbé ihn immer noch anblickte, und plötzlich befiel ihn nun eine andere Angst: Wenn Monsieur Labbé unschuldig wäre, ganz und gar unschuldig, weder etwas mit den alten Frauen noch etwas mit den Briefen zu tun hätte? Wenn der Papierschnipsel Gott weiß woher rein zufällig in seinen Hosenaufschlag geraten wäre, etwa so, wie man einen Floh schnappt?

Man mußte sich einmal an seine Stelle versetzen:

Kachoudas beugte sich hinunter und hob etwas auf. Monsieur Labbé wußte nicht einmal genau, von wo er dieses Papierfetzchen abgezupft hatte. Womit war denn nun bewiesen, daß nicht der kleine Schneider selbst es fallen ließ und dann versuchte, es verschwinden zu lassen, dabei in Verwirrung geriet und es seinem Gegenüber entgegenstreckte?

Was hätte den Hutmacher daran hindern sollen, seinen Nachbarn Kachoudas zu verdächtigen?

»Einen Weißwein ...«

Sei's drum, er hatte ohnehin schon zuviel getrunken, er brauchte jetzt einfach noch ein Glas. Es kam ihm vor, als sei das Café viel verqualmter als gewöhnlich, und alle Gesichter erschienen ihm verschwommen; der Tisch der Spieler war manchmal wie in weite Ferne gerückt.

Das wäre ja gut ... Er verdächtigte Monsieur Labbé, und Monsieur Labbé verdächtigte vielleicht ihn? ... Ob auch der Hutmacher an die Belohnung von zwanzigtausend Francs dachte?

Es wurde behauptet, Monsieur Labbé sei reich und ließe sein Geschäft nur deshalb so herunterkommen, weil er es nicht nötig hätte, zu arbeiten. Denn die Schaufenster hätten dringend einer Reinigung, ja Modernisierung bedurft, die Beleuchtung hätte verbessert und das ganze Lager erneuert werden müssen. Denn wer sollte denn Hüte kaufen, die vor zwanzig Jahren einmal modern waren und in Monsieur Labbés Regalen immer mehr einstaubten? Wenn er geizig war, hätten ihn die zwanzigtausend Francs vielleicht reizen können.

Wenn der Hutmacher nun Kachoudas beschuldigte ... nun, von vornherein würde ihm natürlich jedermann Glauben schenken. Denn Kachoudas gehörte eben zu jenen Leuten, denen man alles zutraut. Denn er stammte nicht aus der Stadt, ja noch nicht einmal aus dem Land. Und dann hatte er einen so komischen Kopf, den er immer schief hielt. Außerdem hatte er einen Stall voll Kinder, und seine Frau sprach nicht einmal richtig französisch ... Aber nun einmal genauer betrachtet: Warum hätte der kleine Schneider denn alte Frauen auf der Straße überfallen sollen und dann noch nicht einmal deren Schmuck oder Handtasche rauben?

Dies sagte sich Kachoudas zur Beruhigung, doch gleich darauf überlegte er:

»Und warum sollte Monsieur Labbé mit seinen über sechzig Jahren, nachdem er als vorbildlicher Bürger gelebt hatte, plötzlich auf die Idee verfallen, in dunklen Straßen Menschen zu erwürgen?«

Es war schrecklich kompliziert. Selbst die vertraute Atmosphäre im Café de la Paix konnte ihn jetzt nicht mehr beruhigen, auch nicht die Anwesenheit des Kommissars Micou.

Man brauchte Micou nur zu sagen, Kachoudas sei der Schuldige, und Micou würde das glauben.

Würde man ihm dagegen sagen, daß Monsieur Labbé ...

Darüber mußte man genau nachdenken. Es ging hier um Leben und Tod: Hatte der Mörder in der Zeitung nicht angekündigt, daß er ebensogut einen Mann umbringen könnte?!

Und da mußte er nun die ganze schlecht beleuchtete Rue des Prémontrés durchqueren und wohnte auch noch genau gegenüber der Hutmacherei, von wo aus man jede seiner kleinsten Handbewegung beobachten konnte!

Schließlich mußte man auch die zwanzigtausend Francs bedenken. Zwanzigtausend! Das war mehr, als er in sechsmonatiger Arbeit auf seinem Schneidertisch verdienen konnte ...

»Sagen Sie mal, Kachoudas ...«

Er hatte das Gefühl, aus einer fernen Welt hier unter die Leute zurückzukehren, deren Anwesenheit er minutenlang vergessen hatte. Da er die Stimme nicht erkannt hatte, sah er im ersten Reflex zum Hutmacher hinüber, der auf seiner Zigarre herumkaute und ihn beobachtete. Aber es war gar nicht der Hutmacher gewesen, der ihn angesprochen hatte, sondern der Kommissar.

»Stimmt es, daß Sie schnell und preisgünstig arbeiten?«

Blitzartig erkannte er eine unverhoffte Chance, und er hätte sich fast noch einmal zu Monsieur Labbé umgedreht, um sich zu versichern, daß dieser ihm nicht die Freude ansah.

Zur Polizei zu gehen, hätte er nicht gewagt. Auch zum Schreiben hätte er sich nicht entschließen können, denn Briefe sind etwas Bleibendes und können einem Unannehmlichkeiten bereiten. Und nun hatte ihm der große Chef, der Hüter von Ordnung und Gesetz, wie durch ein Wunder sozusagen angeboten, ihn zu Hause aufzusuchen.

»Bei Trauerfällen liefere ich einen Anzug in vierundzwanzig Stunden«, sagte er und senkte bescheiden den Blick.

»Also, dann nehmen wir an, es sei für den Trauerfall von sechs alten Frauen, machen Sie mir ebenso schnell einen Anzug. Ich habe fast nichts aus Paris mitgebracht, und durch diesen Regen sind meine beiden Anzüge in einem schlimmen Zustand. Haben Sie wenigstens Tuch aus reiner Wolle?«

»Sie können das beste D'Elbeuf-Tuch haben.«

Wie schnell es jetzt im Kopf des kleinen Schneiders arbeitete! Das war vielleicht auf die vier Gläser Weißwein zurückzuführen? Sei's drum, er bestellte noch ein fünftes, und dabei hatte er eine viel selbstsicherere Stimme als gewöhnlich. Es würde jetzt etwas Wunderbares geschehen. Anstatt allein nach Hause zu gehen – wäre er sonst nicht vor Angst gestorben beim Gedanken an Monsieur Labbé und wenn er an den dunkeln Ecken der Rue des Prémontrés vorbeimußte – würde er sich vom Kommissar begleiten lassen, dem er Maß nehmen mußte. Wenn sie dann einmal bei ihm zu Hause hinter verschlossener Tür sein würden ...

Es war wunderbar, unverhofft. Er würde die Belohnung bekommen. Zwanzigtausend Francs! Ohne dabei irgendeine Gefahr einzugehen!

»Wenn Sie fünf Minuten Zeit haben, nehme ich Ihnen zu Hause Maß, es ist gleich um die Ecke ...«

Seine Stimme zitterte ein wenig. Es gibt Chancen, mit denen zu rechnen man nicht wirklich wagt, wenn man einer der Kachoudas ist, die über Jahrhunderte nur an Fußtritte und Schicksalsschläge gewöhnt sind.

»... Ich nehme Ihnen Maß, und morgen abend um diese Uhrzeit ist er sicher fertig ...«

Was für ein schönes Gefühl, auf diese Weise über allem zu schweben! Alle Schwierigkeiten waren wie weggeblasen. Alles würde gut ausgehen wie im Märchen.

Die Leute, die Karten spielten ... wie freundlich Firmin dreinblickte – alle Gesichter sehen in solchen Augenblicken freundlich aus – ... Der Hutmacher, zu dem er keinesfalls hinübersehen durfte ...

Der Kommissar würde mitkommen ... Sie würden zusammen von hier weggehen ... Die Tür des Geschäftes aufstoßen ... Keiner würde etwas hören können ...

»Hören Sie, Herr Kommissar, der Mörder ist ...«

Aber nein! Durch einen einzigen Satz löste sich alles in Luft auf ...

»Es kommt mir auf eine Stunde früher oder später nicht an ...«

Der Kommissar wollte Belote spielen und wußte, daß einer aus der Runde ihm den Platz überlassen würde, sobald diese Partie zu Ende war.

»Ich werde morgen früh bei Ihnen vorbeikommen ... Sie sind doch sicher zu Hause? ... Was soll man bei diesem Wetter auch anderes tun ...«

Nichts, aus war der Traum. Dabei wäre alles so einfach gewesen. Morgen früh konnte Kachoudas schon tot sein. Und seine Frau und die Kinder würden die zwanzigtausend Francs, die ihm doch zustanden, nicht bekommen.

Denn er fühlte immer mehr, daß die Belohnung ihm

zustand. Er war sich dessen bewußt geworden und begehrte innerlich auf.

»Wenn Sie heute abend kämen, könnte ich schon ...«

Es gelang ihm nicht. Der Hutmacher lachte sich gewiß ins Fäustchen. Die Partie war gerade zu Ende, und der Versicherungsagent überließ seinen Platz am Spieltisch Kommissar Micou. Kommissare sollten kein Recht haben, Karten zu spielen!

Sie müßten jede Andeutung sofort verstehen. Kachoudas konnte ihn doch schließlich nicht anflehen, sich heute abend die Maße nehmen zu lassen!

Wie sollte er aber jetzt nach Hause kommen? Gewöhnlich blieb er eine halbe Stunde, gelegentlich ein bißchen länger im Café de la Paix. Das war seine einzige Abwechslung, seine einzige Schwäche. Dann kehrte er nach Hause zurück, wo bereits die ganze Kinderschar versammelt war, die Kleinen waren aus der Schule gekommen und machten einen Höllenlärm. Im Haus roch es dann nach Essen. Dolphine – sie hatte einen lächerlich französischen Namen, obwohl sie diese Sprache nur sehr schlecht beherrschte – Dolphine schrie dann mit hoher Stimme auf die Kleinen ein, während er auf seinem Tisch im Zwischenstock saß, sich die Lampe heranholte und stundenlang nähte.

Er roch schlecht, das wußte er genau. Er roch nach Knoblauch, der in seinem Haus in großen Mengen verzehrt wurde, und nach dem Wollfett der Stoffe, die er den ganzen Tag zwischen den Fingern hielt. Es gab Leute, die im Café de la Paix von ihm abrückten, wenn er sich am Stammtisch niederließ.

Aber war dies ein Grund für den Kommissar, nicht sofort mitzukommen? Wenn doch nur ein Mensch in Kachoudas' Gegend gewohnt hätte. Aber alle Anwesenden wohnten in Richtung der Rue du Palais, alle bogen nach links ab, während er nach rechts mußte.

Es ging um Leben und Tod ...

»Nochmals das gleiche, Firmin ...«

Noch ein Glas Weißwein. Seine größte Angst war, der Hutmacher könnte ihm auf dem Fuß folgen. Dann, nachdem er schon bestellt hatte, überlegte er aber, daß es ja noch gefährlicher wäre, wenn Monsieur Labbé als erster ginge, denn dann könnte er ihm in einer der finsteren Ecken der Rue des Prémontrés auflauern.

Vor ihm zu gehen, war gefährlich.

Nach ihm zu gehen, war noch gefährlicher.

Aber er konnte auch nicht sein ganzes Leben hier sitzen und warten ...

»Firmin ...«

Er zögerte noch. Er wußte, daß er etwas Falsches tat und daß er betrunken sein würde, aber er konnte nicht mehr anders handeln.

»Das gleiche noch mal ...«

Würde man jetzt nicht ihn mißtrauisch ansehen?

Der kleine Schneider erlebt das Ende eines alten Fräuleins mit

»Wie geht es Mathilde?«

Jemand hatte diese Frage gestellt. Aber wer? Zu dem Zeitpunkt hatte Kachoudas bereits einen schweren Kopf, vielleicht hatte er inzwischen sogar sein siebtes Glas Weißwein bestellt. Man begann ihn zu fragen, ob er wieder eine Geburt zu feiern hätte. Wahrscheinlich hatte Germain, der Lebensmittelhändler, gesprochen. Im übrigen spielte es keine Rolle. Sie waren alle ungefähr gleich alt, so zwischen sechzig und fünfundsechzig. Die meisten waren zusammen zur Schule gegangen, hatten zusammen im Sand gespielt. Sie duzten sich, jeder war bei der Hochzeit eines jeden dabeigewesen. Wahrscheinlich hatte auch jeder von ihnen die spätere Frau seines Freundes mit fünfzehn oder siebzehn zur Freundin gehabt.

Dann gab es da noch eine Gruppe von Vierzig- bis Fünfzigjährigen, die sich darauf vorbereiteten, die Älteren eines Tages abzulösen, und die in der linken Ecke des Cafés de la Paix beim Kartenspiel saßen. Sie waren ein wenig laut, doch sie kamen meist erst gegen fünf, denn sie waren noch nicht in die höchsten Ämter aufgestiegen.

»Wie geht es Mathilde?«

Diese Frage hörte der kleine Schneider fast jeden Tag. Man hatte ein wenig gezwungen gefragt, so wie man etwa sagte:

»Regnet es noch immer?«

Denn schon seit einer Ewigkeit war Mathilde, die

Frau des Hutmachers, so etwas wie ein Mythos geworden. Einst war sie gewiß ein junges Mädchen wie alle andern auch gewesen. Vielleicht hatten ihr einige Spieler den Hof gemacht und sie in irgendwelchen Hausecken geküßt. Dann hatte sie geheiratet, und man sah sie sonntags fein aufgemacht bei der Zehn-Uhr-Messe.

Schon seit fünfzehn Jahren aber lebte sie gegenüber von Kachoudas in einem Zwischenstock, der genau wie der seine war, und wo nur selten einmal die Vorhänge aufgezogen wurden. Er bekam Mathilde nie zu Gesicht, konnte bestenfalls an Putztagen einen hellen Fleck hinter der Scheibe wahrnehmen.

»Mathilde geht es gut ...«

Damit war nicht mehr gesagt, als daß es ihr eben nicht schlechter ging: Sie war nämlich gelähmt. Ihr Tageslauf bestand darin, daß man sie morgens auf ihren Stuhl setzte und abends wieder zu Bett brachte. Sie war also noch nicht gestorben.

Man unterhielt sich über Mathilde und andere Dinge. Nicht besonders viel über den Mörder, denn im Café de la Paix konnte man sehr herablassend über solche Dinge reden.

Kachoudas wagte nicht zu gehen, weil er fürchtete, der Hutmacher könnte ihm folgen. Also trank er. Das war ein Fehler, aber er konnte nicht anders. Zwei- oder dreimal beobachtete er, wie Monsieur Labbé auf die fahlgelbe Uhr sah, die zwischen zwei Spiegeln hing, machte sich darüber aber keine Gedanken. Immerhin bemerkte er auf diese Weise, daß es genau fünf Uhr siebzehn war, als der Hutmacher sich schließlich erhob, mit einer Geldmünze auf den Marmortisch hämmerte, wie gewöhnlich, wenn er Firmin rief, um zu fragen:

»Wieviel macht es?«

Begrüßte man sich beim Hereinkommen gewöhnlich mit Handschlag, so begnügte man sich beim Weggehen mit einem Winken in die Runde. Einige sagten dabei: »bis morgen«, andere: »bis heute abend«, denn es gab Leute unter ihnen, die sich nach dem Abendessen zu einer neuen Partie wieder hier einfanden.

»Er wird in einem Winkel der Rue des Prémontrés auf mich lauern und mich überfallen, wenn ich vorübergehe ...«

Hauptsache, es gelang ihm, schnell zu bezahlen und dem Hutmacher auf dem Fuß zu folgen, um ihn nicht aus dem Blick zu verlieren. Er war kleiner und magerer als der andere, so bestand auch die Chance, daß er schneller laufen konnte. Am besten war es, Monsieur Labbé so dicht wie möglich zu folgen und bei der ersten verdächtigen Bewegung zu fliehen.

Die beiden Männer verließen das Café mit wenigen Sekunden Abstand. Seltsam genug sahen die Spieler nicht etwa dem Hutmacher nach, sondern dem kleinen Schneider, der ihnen nicht ganz normal vorkam. Wer weiß, vielleicht murmelte einer von ihnen sogar:

»Ob er es ist?«

Der Wind war inzwischen noch heftiger geworden. An den Straßenecken wurde man von starken Böen niedergedrückt oder halb umgeworfen. Es regnete. Der kleine Schneider hatte bereits ein völlig nasses

Gesicht und zitterte in dem dünnen Regenmantel vor Kälte.

Doch er machte sich nichts daraus. Er folgte dem anderen dicht auf den Fersen. Nur wenn er ihn so nahe vor sich sah, würde er sich retten können. Noch dreihundert Meter, zweihundert, hundert, und er war zu Hause, konnte sich einschließen, verbarrikadieren, bis am nächsten Morgen der Kommissar kommen würde.

Er zählte die Sekunden – aber der Hutmacher ging an seinem Geschäft vorbei, wo man den rothaarigen Verkäufer am Ladentisch sah. Auch Kachoudas ging an seinem Geschäft vorbei, ohne sich dessen bewußt zu werden und um, wie von einer unsichtbaren Kraft getrieben, den anderen weiter zu verfolgen.

Sie waren noch immer mutterseelenallein auf der Straße, und die Gegend wurde immer unbewohnter. Jeder hörte die Schritte des andern so deutlich wie ein Echo der eignen Schritte. Der Hutmacher wußte also genau, daß er verfolgt wurde.

Kachoudas starb fast vor Angst. Er hätte ja einfach umdrehen und nach Hause gehen können. Gewiß, vielleicht. Aber das kam ihm gar nicht in den Sinn. So merkwürdig es klingen mag: dafür hatte er viel zu große Angst.

Also verfolgte er Monsieur Labbé weiter, folgte ihm in einem Abstand von etwa zwanzig Metern. Hin und wieder redete er, während er so durch Wind und Regen ging, vor sich hin:

»Wenn er es ist ...«

Zweifelte er denn noch daran? Hatte er die Verfolgung nur aufgenommen, um sein Gewissen zu beruhigen?

Von Zeit zu Zeit kamen die beiden Männer in einem Abstand von wenigen Sekunden an einem erleuchteten Geschäft vorbei, dann wurden sie wieder von der Dunkelheit verschluckt und hatten zur Orientierung nur das Geräusch ihrer Schritte.

»Wenn er stehenbleibt, bleibe auch ich stehen ...«

Der Hutmacher blieb stehen, und er blieb auch stehen. Der Hutmacher ging weiter, und der kleine Schneider ging mit einem Seufzer der Erleichterung ebenfalls weiter.

Es gab Polizeistreifen in der Stadt, eine ganze Menge sogar, wenn man der Zeitung glauben sollte. Um die Bevölkerung zu beruhigen, hatte die Polizei ein sogenanntes unfehlbares Überwachungssystem ausgeklügelt. In der Tat begegneten sie – einer hinter dem andern – drei uniformierten Männern, die im Gleichschritt daherkamen, und Kachoudas hörte sie sagen:

»Guten Abend, Monsieur Labbé!«

Ihn dagegen blendete man nur mit einer Taschenlampe und sparte sich den Gruß.

Weit und breit gab es keine alte Frau auf der Straße, so daß man sich fragen konnte, wo der Mörder überhaupt seine Opfer fand. Sie hatten sich gewiß zu Hause verschanzt und gingen nur am Tag und in Begleitung hinaus. Die beiden Männer kamen an der Saint-Jean-Kirche vorbei, deren Portal schwach erleuchtet war. Doch die alten Frauen verzichteten schon seit drei Wochen darauf, hierher zu kommen, um ihr Seelenheil zu suchen.

Die Straßen wurden immer enger. Es gab unbebautes Gelände und Bretterzäune zwischen den Häusern.

»Er lockt mich aus der Stadt heraus, um mich dann umzubringen ...«

Kachoudas war nicht mutig. Seine Angst wuchs stetig. Er war darauf gefaßt, bei der geringsten Bewegung des Hutmachers um Hilfe zu schreien. Nicht freiwillig war er ihm gefolgt, sondern wie einem inneren Befehl gehorchend.

Sie befanden sich jetzt in einer ruhigen Straße, in der neue Häuser standen. Man hörte noch immer ihre Schritte, plötzlich aber war Stille. Stille, weil Kachoudas im selben Augenblick stehengeblieben war wie der Mann, den er verfolgte und den er nicht sehen konnte.

Wohin war der Hutmacher gegangen? Die Gehsteige waren vollkommen dunkel. Es gab in der ganzen Straße nur drei weit auseinanderstehende Laternen. Einige Fenster waren erleuchtet, aus einem hörte man gedämpftes Klavierspiel, immer denselben Satz, eine Etüde wahrscheinlich – Kachoudas kannte sich in Musik nicht aus –, die ein Schüler ständig wiederholte, wobei er am Ende jedesmal denselben Fehler machte.

Hatte es aufgehört zu regnen? Jedenfalls achtete er nicht mehr darauf. Er rührte sich nicht vom Fleck, lauschte auf das leiseste Geräusch, fürchtete, das Klavier könnte die Schritte übertönen.

Nachdem der Satz fünf-, sechsmal gespielt worden war, hörte man den Klavierdeckel zufallen: Ganz klar, die Stunde war beendet. Man hörte Geräusche,

Geschrei im Haus: ein kleines Mädchen gesellte sich erlöst wieder zu seinen Geschwistern.

Irgend jemand zog sich jetzt gewiß an und sagte zu der Mutter des Kindes etwa dies:

»Sie macht Fortschritte ... aber die linke Hand ... Sie muß unbedingt an ihrer linken Hand arbeiten ...«

Und dieser jemand – die Tür ging auf, ein rechteckiger gelblicher Lichtschein war zu sehen – dieser jemand war ein altes Fräulein.

»... Aber nein, Madame Bardon ... es sind doch nur hundert Meter ...« Kachoudas wagte nicht zu atmen. Er kam nicht auf den Gedanken, zu schreien:

»Bleiben Sie, wo Sie sind ... Rühren Sie sich nicht von der Stelle ...«

Und doch wußte er ganz genau, was jetzt geschehen würde. Er hatte begriffen. Die Tür fiel ins Schloß. Ob das alte Fräulein jetzt nicht doch eine gewisse Erregung spürte, als sie die drei Stufen hinunterstieg und eng an den Häusern entlang heimeilte?

Aber dies war doch ihre Straße, in der sie wohnte. Hier, in dieser Straße war sie geboren, hatte sie als Kind an den Türschwellen, auf den Gehwegen gespielt und kannte jeden Stein. Man hörte ihren raschen leichten Schritt ... und plötzlich hörte man nichts mehr.

Das war es vor allem: man hörte ihren Schritt nicht mehr. Stille. Dann etwas Unbestimmtes wie Kleiderrascheln. Wäre Kachoudas auch nur zu einer Regung fähig gewesen? Und hätte diese etwas genützt? Wenn er zum Beispiel laut geschrien hätte, wäre dann irgend jemand so mutig gewesen, aus einem Haus herauszukommen?

Er preßte sich gegen die Hauswand, das Hemd klebte ihm am Leib, aber nicht von dem Regen, der den Regenmantel durchnäßt hatte, sondern von Angstschweiß.

»Uff! ...« Hatte er geseufzt? Hatte das alte Fräulein seinen letzten Seufzer getan, oder war vom Mörder ein Seufzer ausgestoßen worden? Nun hörte man wieder Schritte, Männerschritte, die auf ihn, Kachoudas, zukamen. Und Kachoudas hatte gedacht, er könnte schneller laufen als der Hutmacher, dabei stand er jetzt wie angenagelt auf dem Gehsteig.

Der andere würde ihn sehen. Aber der andere wußte doch wohl ohnehin, daß er da war, denn er hatte Kachoudas' Schritte ja seit dem Café de la Paix hinter sich gehört!

Jedenfalls fühlte der kleine Schneider sich ihm voll ausgeliefert. Der Hutmacher bekam in seinen Augen plötzlich übermenschliche Züge, und Kachoudas hätte ihm notfalls auf den Knien geschworen, daß er sein Leben lang schweigen würde. Trotz der zwanzigtausend Francs!

Er rührte sich nicht von der Stelle, und Monsieur Labbé kam auf ihn zu, konnte ihn schon fast berühren. Würde Kachoudas im letzten Augenblick die Kraft aufbringen, davonzulaufen?

Aber würde nicht in dem Fall er des Mordes verdächtigt werden? Der Hutmacher brauchte ja nur um Hilfe zu rufen: man würde den Flüchtenden verfolgen und einfangen.

›Warum sind Sie geflohen?‹

›Weil ...‹

›Gestehen Sie, daß Sie das alte Fräulein ermordet haben ...‹

Weit und breit war außer ihnen beiden kein Mensch auf der Straße, es konnte also sehr wohl der eine wie der andere als der Schuldige angesehen werden. Monsieur Labbé war intelligenter als der kleine Schneider. Er war ein bedeutender Mann, in der Stadt geboren, der die Leute auf dem Platz duzte und einen Vetter hatte, der Abgeordneter war.

»Gute Nacht, Kachoudas! ...«

So unglaublich es erscheinen mag: das war alles, was passierte. Monsieur Labbé konnte Kachoudas' geduckte Gestalt im Dunkeln gewiß nur erahnen, dieser stand eng an eine Haustür gepreßt, die Klingelschnur in der Hand, um im Notfall aus vollen Kräften daran ziehen zu können. Und nun hatte der Mörder ihn im Vorübergehen seelenruhig gegrüßt, mit einer etwas tonlosen, aber nicht besonders drohenden Stimme.

»Gute Nacht, Kachoudas! ...«

Er versuchte, ebenfalls etwas zu sagen, schließlich mußte man doch höflich sein. Er empfand das dringende Bedürfnis, zu einem solchen Manne höflich zu sein und seinen Gruß zu erwidern. Er machte den Mund auf, aber er brachte keinen Ton heraus. Die Schritte entfernten sich bereits ...

»Gute Nacht, Herr Hutmacher! ...«

... hörte er sich sagen, sagte es zu spät, als der Hutmacher schon weit war. Er hatte aus Feingefühl keinen Namen ausgesprochen, um Monsieur Labbé nicht zu gefährden. Jawohl!

Er blieb an der Türschwelle stehen und empfand

nicht das geringste Bedürfnis, nach dem alten Fräulein zu sehen, das noch vor einer halben Stunde Klavierunterricht gegeben hatte und jetzt gewiß endgültig in einer andern Welt war.

Monsieur Labbé war schon weit.

Plötzlich wurde Kachoudas von Panik ergriffen. Er konnte doch nicht hier bleiben! Er hatte Angst. Er wollte sich so schnell als möglich von diesem Ort entfernen, gleichzeitig aber fürchtete er, wieder auf den Hutmacher zu stoßen.

Er konnte jeden Augenblick verhaftet werden. Eine Streife hatte ihm vorhin mit der Taschenlampe ins Gesicht geleuchtet. Er war gesehen worden. Wie sollte er seinen Aufenthalt in diesem Stadtviertel erklären, wo er nichts zu suchen hatte und wo gerade jemand ermordet worden war?

Es war vielleicht doch am besten, zur Polizei zu laufen und alles auszusagen. Er ging immer schneller und bewegte dabei die Lippen.

»Ich bin nur ein armer Schneider, Herr Kommissar, aber ich schwöre Ihnen beim Haupte meiner Kinder ...«

Beim leisesten Geräusch fuhr er zusammen. Warum sollte der Hutmacher ihm nicht in irgendeiner dunklen Ecke auflauern wie zuvor dem alten Fräulein?

Er machte mit Absicht Umwege, verirrte sich in einem Labyrinth von Gassen, die er nie zuvor betreten hatte.

»Daß ich diesen Weg hier nehmen würde, konnte er nicht vorhersehen ...«

So dumm stellte sich Kachoudas schließlich auch nicht an.

»Ich bin bereit, die Wahrheit auszusagen, aber ich verlange einen oder zwei Ihrer Leute zum Schutz, bis *er* verhaftet ist ...«

Notfalls würde er einfach im Kommissariat so lange warten. Polizeiwachen sind gewöhnlich nicht gerade nette Aufenthaltsorte, aber er hatte in seinem Emigrantendasein auch schon schlimmere gesehen. Dort würde er wenigstens das Geschrei seiner Kinder nicht hören, und das wäre immerhin ein Vorteil.

Die Wache lag nicht weit von seinem Haus entfernt. Zwei Straßen hinter der Rue des Prémontrés. Er konnte schon die rote Laterne mit der Aufschrift »Police« erkennen. Gewiß standen wie gewöhnlich ein oder zwei Polizisten an der Tür. Jetzt befand er sich außer Gefahr. Er war gerettet.

»Sie würden einen großen Fehler begehen, Monsieur Kachoudas ...«

Er blieb wie angewurzelt stehen. Eine wirkliche Stimme hatte ihn angesprochen, die Stimme eines Mannes aus Fleisch und Blut – die Stimme des Hutmachers. Der Hutmacher stand da an der Mauer. Sein ausdrucksloses Gesicht war in der Dunkelheit kaum zu erkennen.

Ist der Mensch in solchen Augenblicken Herr seiner Reaktionen? Kachoudas stammelte:

»Ich bitte Sie um Verzeihung ...«

So, wie er jemanden um Verzeihung gebeten, den er auf der Straße angerempelt hätte, oder eine Dame, der er auf den Fuß getreten wäre ...

Und als keine Antwort kam, man ihn in Ruhe ließ, machte er kehrt. Ohne Hast, denn keinesfalls durfte der Eindruck entstehen, er wollte fliehen. Alles mußte ganz normal wirken. Er wurde nicht sofort verfolgt. Man ließ ihm offenbar Zeit, zu entkommen. Dann hörte er Schritte hinter sich, doch sie waren weder schneller noch langsamer als die seinen. Der Hutmacher konnte ihn jetzt also nicht mehr einholen.

Seine Straße. Sein Laden mit den dunklen Stoffen und einigen Modestichen in der Auslage. Der andere Laden gegenüber.

Er öffnete die Tür, schloß sie hinter sich, tastete nach dem Schlüssel und drehte ihn im Schloß um.

»Bist du es?« rief seine Frau von oben.

Als hätte es um diese Uhrzeit und bei diesem Wetter ein anderer sein können!

»Putz dir die Schuhe gut ab ...«

Er glaubte zu träumen. Nach all dem, was er erlebt hatte, mußte er sich anhören: »Putz dir die Schuhe gut ab«, während auf dem Gehsteig gegenüber die füllige Gestalt des Hutmachers an der Ladentür stand.

Schließlich hätte Kachoudas ja auch in Ohnmacht fallen können! Was sie dann wohl gesagt hätte?

Kachoudas faßt einen Entschluß und der Hutmacher baut vor

Kachoudas kniete am Boden, mit dem Rücken zum Fenster. Dicht vor seiner Nase erhoben sich säulenartig die Beine und darüber der dicke Bauch eines Mannes. Der Mann war Kommissar Micou, der über dem neuen Drama vom Vorabend seinen Anzug nicht vergessen hatte.

Der kleine Schneider nahm die Maße von Taille und Hüften ab, befeuchtete seinen Bleistift mit Speichel und schrieb Ziffern in ein neben ihm auf dem Boden liegendes speckiges Notizbuch. Danach maß er die Länge der Hosenbeine und des Schrittes ab. Unterdessen stand Monsieur Labbé hinter dem Spitzenvorhang seines Fensters genau gegenüber auf derselben Höhe. Wieviele Meter Abstand mochten zwischen ihnen liegen? Acht vielleicht, nicht mehr.

Trotz dieser Entfernung spürte Kachoudas eisige Kälte im Nacken. Der Hutmacher würde natürlich nicht schießen, davon war er überzeugt. Obwohl man in solchen Dingen nie ganz sicher sein konnte, Monsieur Labbé würde schon deshalb nicht schießen, weil es nicht seine Art war, mit Schußwaffen zu töten. Mörder haben auch ihre Manien, sie ändern nicht gern ihre Methode. Außerdem würde man ihn dann ja auch mit Sicherheit verhaften.

Vor allem aber vertraute der Hutmacher auf die Verschwiegenheit Kachoudas': Das war der entscheidende Punkt. Der kleine Schneider hätte doch aus seiner knienden Haltung der rundlichen lebenden Statue, während er Maß nahm, ganz leicht zumurmeln können:

»Ich habe Ihnen etwas zu sagen, aber lassen Sie sich nichts anmerken. Der Mörder ist der Hutmacher gegenüber. Er steht an seinem Fenster und belauert uns ...«

Aber er tat es nicht. Er war ganz der bescheidene, unschuldige kleine Schneider. Der Zwischenstock war schlecht gelüftet, aber Kachoudas merkte es nicht, so sehr war er an den Geruch des Wollfetts gewöhnt, der von den Stoffen ausging und von dem er selbst so durchdrungen war, daß er ihn überallhin mit sich schleppte. Bei Monsieur Labbé gegenüber roch es vermutlich nach Filz und Leim, was noch unangenehmer, vor allem süßlicher war. Jedes Handwerk hat seinen Geruch.

Ein guter Polizeibeamter müßte doch eigentlich jetzt selbst etwas merken? So überlegte er in diesem Augenblick, was bewies, daß er wieder einigermaßen klar denken konnte.

»Wenn Sie vielleicht am späten Nachmittag zur Anprobe kämen, dann könnte ich Ihnen den Anzug bis morgen früh abliefern ...«

Mit diesen Worten begleitete er den Kommissar die Treppe hinunter, überholte ihn im Laden, um die Tür zu öffnen, wobei die Ladenklingel bimmelte. Sie hatten den Mörder oder das alte Fräulein noch nicht einmal erwähnt; sie hieß Mademoiselle Mollard – Irene Mollard –, und die Zeitung hatte ihr die ganze erste Seite gewidmet.

Kachoudas hatte eine sehr unruhige Nacht hinter sich. Einmal mußte seine Frau ihn sogar wecken und ihn bitten: »Versuch doch, ein wenig ruhiger im Bett zu liegen. Du trittst mich pausenlos mit den Füßen.«

Danach hatte er nicht wieder einschlafen können. Stundenlang wurde er von Gedanken gequält, so daß er meinte, sein Kopf müßte zerspringen. Um sechs

Uhr morgens konnte er es nicht mehr im Bett aushalten und stand auf. Nachdem er sich auf dem Kocher eine Tasse Kaffee zubereitet hatte, ging er in seine Werkstatt und zündete das Feuer an.

Natürlich mußte er auch Licht anmachen, denn es war noch dunkel draußen. Auch gegenüber brannte Licht. Schon seit Jahren stand der Hutmacher regelmäßig morgens um halb fünf Uhr auf. Man konnte ihn leider nicht sehen, weil die Vorhänge geschlossen waren, aber schließlich wußte man ja, was er tat.

Seine Frau wollte keinen Menschen sehen. Nur ganz selten einmal gelang es einer Freundin, das Haus zu betreten, aber schon nach kurzer Zeit kam sie wieder heraus. Madame Labbé weigerte sich auch, sich von der Haushälterin pflegen zu lassen, die morgens um sieben kam und bis abends blieb.

Monsieur Labbé mußte alles selbst machen, ihr Zimmer in Ordnung halten, staubwischen, das Essen bringen. Er mußte seine Frau aus dem Bett heben und in den Sessel setzen und zwanzigmal am Tag die Wendeltreppe vom Geschäft zum ersten Stockwerk hinaufeilen, wenn das Signal ertönte! Denn es gab ein Signal! In Reichweite der Kranken befand sich ein Stock, den sie mit der linken Hand, die noch kräftig genug war, ergriff, um damit auf den Boden zu klopfen.

Der kleine Schneider saß auf seinem Tisch und arbeitete. Er konnte besser nachdenken, wenn er arbeitete.

»Gib acht, Kachoudas«, sagte er zu sich selbst. »Zwanzigtausend Francs sind kein Papenstiel, und es wäre eine Sünde, sie sich entgehen zu lassen. Aber das

Leben ist andererseits auch etwas wert, selbst wenn es nur das Leben eines kleinen Schneiders aus Armenien ist. Der Hutmacher ist vielleicht verrückt, mit Sicherheit aber ist er intelligenter als du. Wenn man ihn verhaftet, wird man ihn aus Mangel an Beweisen vielleicht bald wieder freilassen. Er ist nicht der Typ, der gewisse Papierschnipsel in seinem Haus herumliegen läßt ...«

Es war gut, daß er so ganz in Ruhe nachdachte, während die Nadel auf und ab ging, denn auf diese Weise kam er auf einen Gedanken. Einige der Briefe an den *Courrier de la Loire* waren eine ganze Seite lang, es mußte also eine stundenlange Geduldsarbeit sein, alle die Wörter, manchmal auch einzelne Buchstaben zu finden, sie auszuschneiden und aufzukleben.

Im Laden des Hutmachers aber hielt sich den ganzen Tag über Alfred, der rothaarige Verkäufer, auf. Hinter dem Laden befand sich eine Werkstatt mit Holzköpfen, auf denen Monsieur Labbé die Hüte in Form brachte, aber es gab da ein Guckloch aus Glas zwischen Laden und Werkstatt.

In der Küche und den anderen Räumen waltete die Haushälterin. So blieb also nur ein einziger Ort, an dem der Mörder sich in Ruhe seinem Geduldsspiel hingeben konnte: Das Zimmer seiner Frau, das zugleich auch sein Schlafzimmer war und das niemand außer ihm betreten durfte.

Madame Labbé konnte sich nicht bewegen und nur unverständliche Laute von sich geben. Was sie sich wohl dabei dachte, wenn sie ihren Mann Papier ausschneiden sah?

»Und im übrigen, mein lieber Kachoudas, wenn du ihn jetzt denunzierst und man schließlich doch einen Beweis gegen ihn findet, werden diese Leute (er meinte die Polizisten einschließlich seines neuen Kunden, den Kommissar), nachher behaupten, sie selbst seien auf alles gekommen und dir den Löwenanteil an den zwanzigtausend Francs wegschnappen ...«

So wußte er selbst nicht, ob er nun größere Angst vor Monsieur Labbé hatte oder davor, die zwanzigtausend Francs zu verlieren. Als es dann aber einmal neun Uhr war, schwand seine Angst vor dem Hutmacher zusehends. In der Nacht war das Rauschen des Regens durch die Dachrinnen, das Trommeln auf die Dächer plötzlich verstummt, und der Wind rüttelte nicht mehr an den Fensterläden. Es erschien wie ein Wunder, daß Regen und Wind nach zwei Wochen endlich nachließen. Um sechs Uhr rieselte nur noch ganz feiner Regen, der kaum zu sehen und zu hören war. Jetzt bildeten sich auf den Gehwegen schon trocknere graue Flächen, und die Leute gingen ohne Schirm durch die Straßen. Es was Samstag, Markttag. Der Markt wurde auf einem alten kleinen Platz am Ende der Straße abgehalten.

Um neun Uhr ging Kachoudas hinunter, nahm die Stangen von den Holzplanken, die als Fensterläden dienten.

Er war gerade bei der dritten Planke – sie mußten einzeln in den Laden getragen werden –, als er hörte, wie auch gegenüber vom Schaufenster des Hutmachers ebensolche Holzplanken abgenommen wurden. Er vermied es, sich umzudrehen. Seine Angst war nicht allzugroß, denn er sah den Metzger an seiner Türschwelle mit dem Holzschuhhändler im Gespräch.

Er hörte Schritte näherkommen und dann eine Stimme sagen:

»Guten Morgen, Kachoudas!«

Es gelang ihm, der eine der Holzplanken noch in den Händen hielt, fast normal zu erwidern:

»Guten Morgen, Monsieur Labbé.«

»Sagen Sie mal, Kachoudas ...«

»Ja, Monsieur Labbé ...«

»Hat es in Ihrer Familie schon Geisteskranke gegeben?«

Der Gipfel war, daß Kachoudas im ersten Augenblick tatsächlich überlegte, ob vielleicht unter den Geschwistern seiner Eltern ...

»Ich glaube nicht ...«

Monsieur Labbé entgegnete mit befriedigter Miene, bevor er sich wieder seinem Haus zuwandte:

»Das macht nichts ... das macht gar nichts ...«

Sie hatten miteinander Kontakt aufgenommen, nichts weiter, das Gesprächsthema spielte keine Rolle. Sie hatten ein paar Worte gewechselt wie die besten Nachbarn. Kachoudas hatte nicht einmal gezittert. Wäre der Metzger zum Beispiel, der größer und viel stärker war als er – er konnte ein ganzes Schwein auf der Schulter tragen – vielleicht nicht leichenblaß geworden, wenn man zu ihm gesagt hätte:

»Der Mann da, der sie aus großen verträumten Augen ernst anblickt, ist der Mörder von sieben alten Frauen.«

Kachoudas dachte jetzt nur noch an die zwanzigtausend Francs. Natürlich auch an seine heile Haut, aber vor allem an die zwanzigtausend Francs.

Seine Jüngsten waren in der Schule, die älteste Tochter, die als Verkäuferin im *Prisunic* arbeitete, war ebenfalls gegangen. Seine Frau befand sich auf dem Markt.

Er stieg wieder in den Zwischenstock hinauf, kletterte in seiner Rumpelkammer auf den Schneidertisch, wo er sich einrichtete und die Arbeit wieder aufnahm.

Er war nur ein kleiner armenischer Schneider, oder vielleicht sogar ein türkischer oder syrischer, wer wollte das so genau wissen, nachdem Hunderte, ja Tausende von seinen armen Leuten immer wieder zwischen den Grenzen hin- und hergeschoben worden waren. Die Schule hatte er genau betrachtet überhaupt nicht besucht, und kein Mensch hatte ihn je als intelligent bezeichnet.

Monsieur Labbé gegenüber war damit beschäftigt, Hüte in Form zu bringen. Denn wenn er auch nicht viel verkaufte, so gaben ihm seine Freunde aus dem Café de la Paix doch ihre getragenen Hüte zum Aufputzen. Ab und zu sah man ihn in Hemdsärmeln und Weste im Laden auftauchen. Ab und zu auch eilte er die Wendeltreppe hinauf in den Zwischenstock, weil er durch Klopfen mit dem Stock gerufen worden war.

Als Madame Kachoudas vom Markt zurückgekehrt war und ihrer Gewohnheit entsprechend in der Küche vor sich hinzureden begann, war der kleine Schneider schon zur Andeutung eines Lächelns fähig.

Was hatte noch in der Zeitung vom Vorabend unter anderen mehr oder weniger schlauen Bemerkungen gestanden? Die Zeitung führte nämlich parallel zur Polizei ebenfalls eine Untersuchung durch. Auch Reporter aus Paris bemühten sich, den Mörder zu entlarven.

»Wenn man die Verbrechen der Reihe nach betrachtet, so ist festzustellen …«

Erstens einmal, daß sie nicht auf ein bestimmtes Stadtviertel begrenzt, sondern in den verschiedensten Gegenden begangen worden waren. *»Also«*, schloß der Journalist, *»ist es dem Mörder möglich, sich ohne Aufsehen zu erregen, frei zu bewegen. Es muß sich demnach um einen gewöhnlich aussehenden und vertrauenerweckenden Mann handeln, denn wenn er auch in der Dunkelheit vorgeht, kann er doch nicht vermeiden, gelegentlich im Licht der Straßenlaternen oder Schaufenster gesehen zu werden.«* Es müsse sich um einen Mann handeln, der nicht auf Geld angewiesen sei, da er nicht stehle.

Es müsse außerdem ein sehr auf Akkuratesse bedachter Mann sein, denn er überlasse nichts dem Zufall.

Und es handle sich vermutlich um einen Musiker, denn er benutze zum Erwürgen seiner Opfer, die er von hinten überfalle, eine Geigen- oder Cellosaite.

»Betrachtet man nun einmal die Liste der ermordeten Frauen …«

Das wurde nun in den Augen Kachoudas' schon interessanter.

»… wird zwischen ihnen irgendeine Art von Verwandtschaft ersichtlich. Diese genauer zu definieren ist recht schwierig. Die soziale Stellung der Frauen ist sehr

unterschiedlich. Während die erste Witwe eines pensionierten Offiziers und Mutter zweier Kinder war, die beide in Paris verheiratet sind, hatte die zweite eine kleine Kurzwarenhandlung, ihr Mann arbeitet im Rathaus.

Die dritte ...«

Eine Hebamme, eine Buchhändlerin, eine ziemlich reiche Pensionärin, die ganz allein in einem herrschaftlichen Haus wohnte, eine – ebenfalls reiche – Halbverrückte, die nur malvenfarbige Kleidung trug, und schließlich Mademoiselle Mollard, Irène Mollard, die Klavierlehrerin.

»Die meisten dieser Frauen«, bemerkte der Journalist, *»waren zwischen dreiundsechzig und fünfundsechzig Jahre alt, und alle stammten aus unserer Stadt.«*

Der Vorname Irène verwunderte den kleinen Schneider. Gewöhnlich erwartet man nicht, daß eine alte Frau, gar eine alte Jungfer, Irène heißt, oder gar Chouchou oder Lili ..., weil man vergißt, daß sie auch einmal ein junges Mädchen und davor ein kleines Mädchen gewesen war.

Es schien zunächst kein besonders zündender Gedanke, dennoch war Kachoudas stundenlang damit beschäftigt, während er am Anzug des Kommissars nähte.

Wie war das nämlich im Café de la Paix? Jeden Nachmittag trafen sich dort etwa ein Dutzend Leute. Sie übten die verschiedensten Berufe aus, und die meisten von ihnen waren recht wohlhabend, was aber ziemlich normal ist, wenn man einmal die sechzig überschritten hat. Ja, und fast alle duzten sich. Sie duzten sich nicht nur, sondern sie hatten auch einen ganz eignen Wortschatz, machten Andeutungen, die nur sie verstanden, Späße, über die nur die Eingeweihten lachen konnten.

Denn sie waren zusammen zur Schule, aufs Gymnasium gegangen oder hatten die Militärzeit zusammen verbracht!

Daher war ja auch Kachoudas für sie immer ein Fremder geblieben, den man bestenfalls dann einmal zum Kartenspiel aufforderte, wenn kein anderer vierter Mann da war. So wartete er oft monatelang auf eine Gelegenheit, einmal mitspielen zu dürfen.

»Verstehen Sie, Herr Kommissar? Ich möchte wetten, daß die sieben Opfer des Mörders einander ebenso vertraut waren wie diese Herren im Café de la Paix. Nur, daß alte Frauen eben nicht ins Café gehen, und man sie daher nicht so bemerkt. Man müßte herausbekommen, ob sie in irgendeiner Form Beziehungen zueinander unterhielten. Sie waren alle etwa gleich alt, Herr Kommissar. Und dann fällt mir da noch etwas auf: in der Zeitung stand bei jedem einzelnen Fall, daß das Opfer *aus gutem Hause* stammte und *eine ausgezeichnete Erziehung* genossen hatte ...«

Kachoudas sagte dies natürlich weder zu Kommissar Micou noch zu irgendeinem andern Polizisten, sondern zu sich selbst; er führte Selbstgespräche wie seine Frau; wie immer, wenn er mit sich zufrieden war.

»Nehmen Sie einmal an, daß man jetzt endlich wüßte, wie sich der Mörder – ich meine der Hutmacher – seine Opfer aussuchte ...«

Denn er suchte sie sich natürlich aus, das hatte Kachoudas ja selbst gesehen. Er ging nicht einfach abends auf gut Glück durch die Straßen, um die erstbeste alte Frau zu überfallen, die ihm über den Weg lief. Er war geradenwegs zu dem Haus gegangen, in dem Mademoiselle Mollard (Irène) Klavierunterricht gegeben hatte.

Bei den früheren Opfern war dies gewiß genauso gewesen. Wenn man jetzt nur noch herausfände, nach welchem System er dabei verfuhr, ob er eine Liste hatte ...

Ja genau: allem Anschein nach hatte er doch eine genaue und endgültige Liste. Kachoudas konnte sich vorstellen, wie Monsieur Labbé am Abend nach Hause kam und einen Namen ausstrich, den nächsten las und seinen Schlag für einen der kommenden Tage vorbereitete.

Wieviele alte Frauen oder alte Jungfern wohl auf seiner Liste standen? Wieviele Frauen *aus gutem Hause,* die *eine ausgezeichnete Erziehung* genossen hatten und im Alter zwischen zweiundsechzig und fünfundsechzig Jahren gab es wohl überhaupt in der Stadt?

Man brauchte also nur die noch übrigen Frauen zu kennen, diese diskret zu überwachen und würde den Hutmacher zwangsläufig auf frischer Tat ertappen.

Das also war es, was der kleine Schneider ganz allein herausgefunden hatte, während er in seiner Werkstatt auf dem Tisch saß. Nicht, weil er ein intelligenter oder besonders feinfühliger Mann war, sondern weil er sich fest entschlossen hatte, die zwanzigtausend Francs zu bekommen. Ein wenig natürlich auch, weil er Angst hatte.

Zur Mittagszeit vor dem Essen ging er einen Augenblick hinaus auf die Straße, um frische Luft zu schnappen und um im Tabakladen an der Ecke Zigaretten zu kaufen.

Monsieur Labbé hatte ebenfalls gerade sein Haus verlassen. Er hatte beide Hände in die Manteltaschen gesteckt, als er aber den kleinen Schneider sah, nahm er eine Hand heraus und winkte ihm freundschaftlich zu.

Sehr gut so. Sie grüßten sich. Sie lächelten einander zu. Der Hutmacher hatte gewiß einen Brief in der Tasche, den er in einen Briefkasten werfen wollte. Jedesmal, wenn er eine Frau ermordet hatte, schrieb er anschließend einen Brief, den er an die Zeitung schickte.

Den neuesten konnte Kachoudas am Abend im Courrier de la Loire lesen:

»Kommissar Micou ist schlecht beraten, sich eine Garderobe herstellen zu lassen, als müßte er noch monatelang bei uns bleiben. Noch zwei, und es ist ausgestanden. Die herzlichsten Grüße an meinen kleinen Freund von gegenüber.«

Kachoudas las die Zeitung im Café de la Paix. Der Kommissar war auch da und zeigte sich leicht besorgt um die Fertigstellung seines Anzugs, als er sah, daß der Schneider nicht arbeitete. Auch der Hutmacher war da, diesmal spielte er eine Partie mit dem Arzt, dem Versicherungsagenten und dem Lebensmittelhändler.

Er brachte es fertig, Kachoudas anzublicken und

ihm ganz harmlos zuzulächeln, so als wären sie wirklich Freunde geworden. Der kleine Schneider begriff, daß es dem Hutmacher gefiel, wenigstens einen Zeugen zu haben, jemanden, der Bescheid wußte, der ihn am Werk gesehen hatte.

Jemand eben, der ihn bewundern konnte.

So lächelte er zurück, wenn auch ein klein wenig gezwungen.

»Ich muß jetzt wieder an die Arbeit, Herr Kommissar ... In einer Stunde können Sie Ihren Anzug anprobieren ... Justin! ...«

Er überlegte noch, sollte er oder sollte er nicht? Einen Weißwein, rasch! Ein Mann, der demnächst zwanzigtausend Francs bekommt, wird sich wohl zwei Glas Weißwein leisten können.

Wie ein nichtchristlicher kleiner Schneider die Äbtissin Saint-Ursule rettete

Es war beeindruckend. Allein die Glocke, an der er gezogen hatte und deren Ton sich in dem großen Gebäude, das ganz verlassen schien, im Endlosen verlor! Eine gewaltige Fassade aus grauen Quadersteinen mit Fenstern, deren Läden verschlossen waren und durch die schwaches Licht drang. Ein schweres, frisch lackiertes Portal mit polierten Messingbeschlägen. Ein Glück, daß es aufgehört hatte, zu regnen und seine Schuhe nicht mehr lehmverkrustet waren!

Leise Schritte näherten sich, und ein vergittertes Guckloch wie in einem Gefängnis wurde geöffnet; dahinter konnte man ein fettes, blasses Gesicht und das gedämpfte Rasseln nicht einer Kette, sondern eines Rosenkranzes vermuten.

Er wurde wortlos beobachtet und brachte schließlich stammelnd hervor:

»Ich möchte mit der Mutter Oberin sprechen, bitte ...«

In diesem Augenblick überfiel ihn Angst. Er begann zu zittern. Die Straße lag verlassen da. Er hatte damit gerechnet, daß die Kartenpartie eine Zeitlang dauern würde, aber Monsieur Labbé konnte natürlich ebensogut seinen Platz einem andern überlassen haben. In diesem Augenblick war Kachoudas also ganz besonders gefährdet.

Wenn der Hutmacher ihm gefolgt war und sich irgendwo im Dunkeln versteckt hielt, würde er diesmal trotz seines Lächelns von vorhin nicht lange zaudern, ihm ein ebensolches Ende zu bereiten wie den alten Frauen.

»Die Mutter Oberin befindet sich im Refektorium.«

»Bitte melden Sie ihr, es sei sehr dringend, es gehe um Leben oder Tod ...«

Gewiß, von der Seite betrachtet, sah er nicht sehr wie ein Christ aus, und noch nie in seinem Leben hatte er das so unangenehm empfunden, wie jetzt. Er trat von einem Fuß auf den andern, wie jemand, der ein dringendes Bedürfnis hat.

»Wen soll ich anmelden?«

Warum zum Teufel machte sie nicht endlich die Tür auf!

»Mein Name wird ihr nichts sagen. Machen Sie ihr klar, daß es außerordentlich wichtig ist ...«

Für ihn nämlich, für seine zwanzigtausend Francs!

Sie entfernte sich wieder mit leisen Schritten, blieb eine Ewigkeit weg. Endlich kam sie zurück und begann umständlich, drei oder vier frisch geölte Schlösser zu öffnen.

»Wollen Sie mir bitte ins Sprechzimmer folgen ...«

Es roch muffig und leicht süßlich. Alles war elfenbeinfarben gestrichen, die Möbel waren schwarz. Es herrschte so große Stille, daß man das Ticken von vier oder fünf Uhren hörte, deren einige gewiß weit entfernt waren.

Er wagte es nicht, sich hinzusetzen. Er wußte nicht, wie er sich verhalten sollte. Man ließ ihn lange warten. Plötzlich zuckte er zusammen, denn vor ihm stand eine alte Nonne, die er nicht hatte herankommen hören.

»Wie alt mag sie sein?« fragte er sich, denn das Alter einer Nonne ist schon wegen der Haube schwer zu erraten.

»Sie wollten mich sprechen?«

Zuvor, von zu Hause aus, hatte er mit Monsieur Cujas telefoniert, dem Ehemann des zweiten Opfers, von dem er wußte, daß er im Rathaus angestellt war. Monsieur Cujas arbeitete noch wie früher im Amt für Fundsachen.

»Wer ist am Apparat?« hatte er ungeduldig gebrüllt.

Kachoudas hatte eine Weile gebraucht, bis er soviel Mut aufbrachte, einfach zu sagen:

»Hier ist einer der Inspektoren des Kommissars Micou ... Ich wollte Sie fragen, Monsieur Cujas, ob Sie wissen, in welche Schule Ihre Frau gegangen ist ...«

Aber ins Kloster zur Unbefleckten Empfängnis natürlich! Wohin denn sonst, nachdem von einer ausgezeichneten Erziehung die Rede gewesen war.

»Entschuldigen Sie, Mutter Oberin ...«

Er konnte die richtigen Worte nicht finden. Noch nie hatte er sich so unbehaglich in seiner Haut gefühlt.

»Ich würde gern die Liste der Schülerinnen sehen, die Ihr Institut besucht haben und heute dreiundsechzig, vierundsechzig oder ...«

»Ich selbst bin fünfundsechzig ...«

Sie hatte ein rosiges Wachsgesicht und hellblaue Augen. Während sie ihn beobachtete, ließ sie die schweren Perlen des Rosenkranzes durch ihre Finger gleiten, der von ihrem Gürtel herabhing.

»Sie könnten schon tot sein, Mutter Oberin ...«

Schlechter hätte er es nicht anfangen können. Er geriet in Panik, vor allem auch, weil er seine zwanzigtausend Francs schon in greifbarer Nähe gesehen hatte.

»Auch Mademoiselle Mollard hat diese Schule besucht, nicht wahr?«

»Sie war eine unserer besten Schülerinnen ...«

»Und Madame Cujas ...«

»Mit Mädchennamen hieß sie Desjardins ...«

»Hören Sie ... wenn alle diese Personen dieselbe Klasse besucht haben ...«

»Wir waren in derselben Klasse ... Daher sollte ich auch dieser Tage ...«

Doch er hatte keine Zeit, ihr zuzuhören.

»Könnte ich nicht eine Liste der Damen sehen, die damals ...«

»Sind Sie von der Polizei?«

»Nein Madame ... ich meine, Mutter Oberin ... Aber so etwas Ähnliches ... Glauben Sie mir einfach, daß ich alles weiß!«

»Daß Sie was wissen?«

»Vielmehr, daß ich wahrscheinlich bald alles wissen werde ... Kommt es vor, daß Sie das Kloster verlassen?«

»Jeden Montag begebe ich mich in den Bischöflichen Palast ...«

»Um wieviel Uhr?«

»Um vier Uhr ...«

»Wenn Sie so liebenswürdig wären, mir die Liste aufzustellen ...«

Wer weiß, vielleicht hielt sie ihn für den Mörder? Doch nein. Sie blieb ruhig, ja freundlich.

»Von dem Jahrgang sind nicht mehr viele am Leben ... einige sind leider gestorben ... zum Teil erst in jüngster Zeit ...«

»Ich weiß, Mutter Oberin ...«

»Außer Armandine und mir ...«

»Wer ist Armandine?«

»Armandine d'Hautebois ... Sie haben gewiß schon von ihr gehört ... Andere wiederum sind aus der Stadt weggezogen, und wir haben sie aus den Augen verloren ... Warten Sie, da fällt mir ein ...«

Vielleicht freuen sich auch Nonnen, wenn sich einmal eine Abwechslung bietet. Sie blieb nur einen Augenblick lang weg. Dann kam sie mit einem vergilbten Foto zurück. Darauf waren junge Mädchen, alle in den gleichen Uniformen, abgebildet, sie standen in zwei Reihen hintereinander und hatten ein Band mit einer Medaille um den Hals. Es gab Dicke und Dünne, Häßliche und Hübsche. Ein Mädchen war besonders dick und sah aus wie eine ausgestopfte Puppe. Die Äbtissin Sainte-Ursule deutete auf sie und sagte bescheiden:

»Diese hier bin ich ...«

Dann zeigte sie auf ein schwächliches junges Mädchen:

»Diese ist Madame Labbé, die Frau des Hutmachers ... Die da, die ein wenig schielt, ist ...«

Der Hutmacher hatte recht. Außer seiner eigenen Frau gab es nur zwei ehemalige Mitschülerinnen, die noch in der Stadt lebten: die Äbtissin und Madame d'Hautebois.

»Madame Labbé ist schwerkrank ... kommenden Samstag muß ich sie unbedingt besuchen, wie jedes Jahr, denn kommenden Samstag hat sie Geburtstag, und meine Mitschülerinnen und ich haben sie immer ...«

»Vielen Dank, Mutter Oberin ...«

Jetzt hatte er es herausgefunden und damit seine zwanzigtausend Francs gewonnen! Jedenfalls würde er sie gewinnen! Alle Opfer des Hutmachers waren auf dem Foto zu sehen. Und die beiden, die außer Madame Labbé noch lebten, waren ganz offenbar die vom Mörder bereits angekündigten nächsten Opfer.

»Ich danke Ihnen, Mutter Oberin ... Ich muß jetzt unbedingt sofort gehen ... Ich werde erwartet ...«

Das stimmte sogar. Kommissar Micou würde sich pünktlich bei ihm einfinden, um seinen Anzug anzuprobieren. Der kleine Schneider benahm sich vielleicht nicht ganz korrekt. Er wußte nicht so genau, wie man sich in einem Kloster zu verhalten hatte. Aber es war ihm auch gleichgültig, wenn man ihn als verrückt oder unhöflich ansah.

Er dankte noch einmal, ging mit Verbeugungen rückwärts zur Tür; als er durch das Portal hinaustrat, überfiel ihn wieder Angst bei der Vorstellung, der Hutmacher könnte ihm vielleicht irgendwo im Dunkeln auflauern. Und wenn er ihn hier an diesem Ort ertappte, wäre es gewiß um ihn geschehen ...

»Ich kann Ihnen genau sagen, Herr Kommissar, wer das nächste Opfer sein wird ... Mit Sicherheit nämlich eine der beiden Frauen, deren Namen ich Ihnen sagen werde ... Zuvor aber möchte ich einige Garantien haben, was die zwanzigtausend Francs betrifft ...«

Das hatte er vor zu erklären, geradeheraus, als ein Mann, mit dem sich keiner einen Spaß erlauben darf. Schließlich hatte er ganz allein alles aufgedeckt!

Und zwar nicht nur aus Zufall, das würde er den Journalisten schon erklären. Die Sache mit dem Papierschnipsel im Hosenaufschlag, mag sein ... aber alles übrige, das Kloster: Wer hatte an das Kloster gedacht? Kachoudas, und kein anderer! Die Äbtissin Sainte-Ursule verdankte ihr Leben allein ihm, ebenso Madame d'Hautebois, die in einem Schloß außerhalb der Stadt wohnte und sehr reich war ...

Er ging sehr rasch, er begann zu laufen. Von Zeit zu Zeit drehte er sich um und blickte zurück. Schon sah er sein Haus, seinen Laden. Er riß die Tür auf. Am liebsten hätte er geschrien:

»Ich habe zwanzigtausend Francs gewonnen!«

Er stieg in den Zwischenstock hinauf, schaltete das Licht an. Er stürzte ans Fenster, um die Vorhänge zu schließen.

Wie angewurzelt blieb er stehen, die Beine wurden ihm weich. Gegenüber waren die Vorhänge weit aufgerissen, was bis jetzt noch nie passiert war. Im Zimmer brannte Licht. Man sah ein großes Bett aus Nußbaumholz, eine weiße Steppdecke, eine rote Federdekke. Man sah auch einen Spiegelschrank, einen Toilettentisch, zwei bestickte Sessel und Fotografien an der Wand.

Auf dem Federbett lag ein Holzkopf.

Und mitten im Zimmer standen zwei Männer, die sich friedlich unterhielten: Kommissar Micou und Alfred, der junge rothaarige Verkäufer des Hutgeschäftes.

Wahrscheinlich roch es sehr stickig in dem Raum, denn sie hatten nicht nur die Vorhänge, sondern auch die Fenster geöffnet.

»Herr Kommissar ...«, rief Kachoudas über die Straße, nachdem er auch sein Fenster geöffnet hatte.

»Einen Augenblick, mein Lieber ...«

»Kommen Sie ... Ich weiß alles ...«

»Ja, ja, ich auch.«

Das durfte nicht wahr sein! Das war unmöglich. Oder doch? Als Kachoudas eine der Fotografien etwas rechts neben dem Bett genauer ansah, erkannte er das Gruppenfoto aus dem Kloster wieder.

Er neigte sich aus dem Fenster und sah, daß ein Polizist vor der Tür stand. Er stürzte Hals über Kopf die Treppe hinunter und überquerte die Straße.

»Wohin gehst du?« rief ihm seine Frau nach.

Er mußte doch seine zwanzigtausend Francs retten!

»Was möchten Sie hier?«

»Der Kommissar erwartet mich ...«

Er durchquerte den Laden des Hutmachers, stieg die Wendeltreppe hinauf. Er hörte Stimmen. Der Kommissar sagte gerade:

»Wie lange hatten Sie schon den Eindruck, daß Madame Labbé tot ist?«

Eine hohe Frauenstimme antwortete:

»Ich hatte schon seit langem einen Verdacht ... aber es war immer nur ein unbestimmter Verdacht ... vor allem wegen der Sache mit dem Fisch ...«

Es war die Stimme der Haushälterin, die Kachoudas von seinem Fenster aus nicht hatte sehen können, weil sie von der Mauer verdeckt gewesen war.

»Mit welchem Fisch denn?«

»Mit jeder Art von Fisch: Hering, Wittling, Kabeljau ...«

»Was wollen Sie damit sagen?«

»Sie konnte doch keinen Fisch essen ...«

»Warum?«

»Weil sie ihn nicht vertrug ... Es gibt anscheinend Leute, die keinen Fisch vertragen ... Ich zum Beispiel bekomme von Erdbeeren oder von Tomaten immer Nesselfieber ... Ich esse sie trotzdem, weil sie mir schmecken, vor allem die Erdbeeren, aber hinterher muß ich mich die ganze Nacht kratzen ...«

»Nun, und?«

»Werde ich meine zwanzigtausend Francs auch bestimmt bekommen?«

Kachoudas, der auf dem Treppenabsatz stand, fühlte Übelkeit aufsteigen.

»Gewiß, Sie haben ja den ersten Hinweis gegeben ...«

»Ich habe es mir lange überlegt, denn man hat ja immer Angst, sich zu täuschen ... Außerdem bin ich ja selbst eine alte Frau ... Verstehen Sie? ... Ich habe also schon Mut gebraucht, um weiterhin hierher zu kommen ... Obwohl ich mir sagte, daß er es wohl kaum wagen würde, mir etwas anzutun, nachdem ich schon seit fünfzehn Jahren hier ins Haus komme ...«

»Und die Sache mit dem Fisch ...«

»Das hätte ich schon fast wieder vergessen ... Nun, als ich das erstemal Fisch für ihn gemacht hatte und für Madame Fleisch zubereiten wollte, sagte er, das sei nicht nötig, sie würde dasselbe essen. Er hat ihr das Essen immer selbst gebracht ...«

»Ich weiß ... war er geizig?«

»Er sah auf jeden Pfennig ...«

»Was wollen Sie, Kachoudas?«

»Nichts, Herr Kommissar ... Ich wußte alles ...«

»Daß Madame Labbé tot war?«

»Nein, aber daß er die Äbtissin Saint-Ursule und Madame d'Hautebois ...«

»Was erzählen Sie da?«

»Daß er sie umbringen wollte ...«

»Warum denn?«

Wozu sollte er es noch erklären, ihm das Foto der in zwei Reihen hintereinander stehenden jungen Mädchen mit der Medaille auf der Brust zeigen, da er jetzt doch nicht mehr hoffen konnte, die zwanzigtausend Francs zu bekommen?

Vielleicht könnte man wenigstens teilen? Er überlegte einen Augenblick, maß die alte Haushälterin mit einem Blick und begriff, daß sie zäh war und nicht mit sich reden lassen würde.

»Dann war da auch die Sache mit der Schnur ...«

»Mit welcher Schnur?«

»Ich habe sie neulich entdeckt, als ich seine Werkstatt sauber machte. Er ließ es nie zu, daß ich diesen Raum putzte. Ich habe es dann einmal in seiner Abwesenheit getan, weil es sehr schmutzig war. Dabei habe ich hinter den Hüten eine Schnur entdeckt, die von der Decke herunterhing. Ich habe daran gezogen und dann das gleiche Geräusch gehört, wie wenn Madame oben mit ihrem Stock auf den Boden klopfte ... Na ja, und dann habe ich Ihnen geschrieben ...«

»Wie weit sind Sie mit meinem Anzug, Kachoudas?«

»Er wird rechtzeitig fertig, Herr Kommissar ... Aber wo ist der Hutmacher?«

»Zwei meiner Leute stehen vor dem Café de la Paix, falls er seine Partie vorzeitig abbricht ... Wir haben den Brief dieser braven Frau heute morgen erhalten ... Jetzt müssen wir nur noch die Leiche Madame Labbés finden, die wahrscheinlich im Garten oder im Keller vergraben ist.

Man fand sie eine Stunde später, aber nicht im Garten, sondern im Keller, wo sie unter einer Schicht Beton begraben war. Es befanden sich jetzt ziemlich viele Leute im Haus des Hutmachers, der für das Stadtviertel zuständige Kommissar, der Richter, der Vertreter des Staatsanwalts, zwei Ärzte – einer von ihnen war Stammgast im Café de la Paix, von all den Leuten zu schweigen, die hier Maulaffen feilhielten und die sich wer weiß wie eingeschlichen hatten.

Es gab ein großes Hin und Her im Haus, alles wurde angefaßt, jede Schublade geöffnet, ausgeleert, Matratzen und Kopfkissen aufgeschlitzt. Um sieben Uhr standen schon über tausend Neugierige auf der Straße, und um acht mußte die Polizei die Menge zurückhalten, die wütend den Tod des Mörders forderte.

Monsieur Labbé war auch da. Er stand ruhig und würdevoll dabei, leicht geistesabwesend. Seine Hände waren gefesselt.

»Zuerst haben Sie also Ihre Frau umgebracht ...«

Er zuckte mit den Achseln.

»Sie haben sie erwürgt wie alle die anderen ...«

Da berichtigte er:

»Nicht wie die anderen ... mit den Händen ... sie litt zu sehr ...«

»Sagen wir lieber, Sie hatten es satt, sie pflegen zu müssen ...«

»Sagen Sie, wie Sie wollen ... Sie verstehen sowieso nicht ...«

»Danach haben Sie dann der Reihe nach die Freundinnen Ihrer Frau umgebracht ... Warum?«

Er zuckte wieder nur wortlos die Achseln.

»Weil sie von Zeit zu Zeit auf Besuch kamen und Sie ja nicht jedesmal behaupten konnten, Ihre Frau wollte sie nicht sehen ...«

»Wenn Sie meinen ... nachdem Sie ja alles so genau wissen ...«

Sein Blick kreuzte sich mit Kachoudas Blick, und es sah einen Augenblick so aus, als wollte der Hutmacher den kleinen Schneider zu seinem Zeugen machen. Kachoudas errötete. Er schämte sich dieser Art von Intimität, die zwischen ihnen entstanden war.

»Der Geburtstag ...«, hätte Kachoudas dem Kommissar zuflüstern können.

Der Geburtstag Madame Labbés, der am folgenden Samstag bevorstand und aus dessen Anlaß alle Freundinnen, einschließlich der Äbtissin Sainte-Ursule, einen Besuch machten.

Mußten bis zu diesem Datum nicht alle aus dem Weg geschafft sein?

»Ist er verrückt?« fragte der Kommissar ohne Umschweife und vor den Ohren Monsieur Labbés die beiden Ärzte. »Nicht wahr, Monsieur Labbé, Sie sind verrückt?«

»Das ist leicht möglich, Herr Kommissar«, antwortete dieser mit sanfter Stimme.

Dabei zwinkerte er Kachoudas zu. Kein Zweifel: er zwinkerte ihm komplizenhaft zu.

»Diese Idioten! ...« schien er damit sagen zu wollen. »Wir beide wissen jedenfalls Bescheid.«

Und was hätte der kleine Schneider, der gerade erst

seine zwanzigtausend Francs verloren hatte – denn man konnte tatsächlich sagen, daß er das Geld verloren hatte, das ihm so gut wie sicher gewesen war –, in dem Augenblick anderes tun können, als zu lächeln, ein wenig gequält zwar, aber doch freundschaftlich, jedenfalls freundlich zu lächeln, weil sie ja doch etwas Gemeinsames erlebt hatten.

Die anderen, die Stammgäste des Café de la Paix, waren wohl mit dem Hutmacher zur Schule gegangen, andere hatten die Stube in der Kaserne mit ihm geteilt.

Kachoudas aber hatte sozusagen gemeinsam mit ihm an einem Verbrechen teilgehabt.

Und so etwas schafft doch eine ganz andere Art von Vertrautheit!

März 1947

Trauer um Fonsine

Unzählbar, wie oft sie schon vor den Friedensrichter in Pouzauges gezogen waren – für sie eine fast ebenso alltägliche Sache, wie für andere etwa der Weg zum Donnerstagsmarkt. Mal war die eine als Klägerin aufgetreten, mal die andere. Vor sechs Monaten hatten sie den Bus nach Fontenay genommen, wo sie vor die Strafkammer geladen waren. Aber der neue Gerichtsvorsitzende wußte von all dem nichts.

Mechanisch rief er die Namen auf und las dabei mit dem Zeigefinger auf der Liste mit, die vor ihm auf dem Schreibtisch lag.

»Fernande Sirouet, Hauseigentümerin in Saint-Mesmin ... Alphonsine Sirouet, verwitwete Brécard, Hauseigentümerin in Saint-Mesmin ...«

Danach folgten die Namen der Zeugen. Er hob den Kopf und sah die Aufgerufenen an, die vor die halbrunde Absperrung getreten waren und steif nebeneinander standen.

»Gut ... Wer von Ihnen ist Fernande Sirouet?«

Es war die Fülligere der beiden, eine kleine, untersetzte Frau mit eckigem Gesicht, kräftigen Kinnladen und einer Gesichtsfarbe, die so aschfahl war wie ihr Haar. Mit einer Hand ließ sie den Samtbeutel mit Silberbügel los und hob den Finger ein wenig hoch.

Darauf wandte sich der Vorsitzende an die andere:

»So sind also Sie die Beschuldigte, Alphonsine Sirouet, verwitwete Brécard ...«

»Jawohl, Herr Vorsitzender ...«

Diese Frau war ebenso klein wie die andere, doch viel magerer, sie hatte eingezogene Schultern und ein sanftes, melancholisches Gesicht. Von Zeit zu Zeit hüstelte sie und hob dabei die Hand vor den Mund.

»Sind Sie miteinander verwandt?«

Keine Antwort, die beiden Frauen rührten sich nicht, zuckten mit keiner Wimper, starrten ins Leere.

»Ich habe Sie gefragt, ob Sie miteinander verwandt sind?«

Diesmal neigten die beiden ganz leicht, kaum spürbar, den Kopf zur Seite, eine stumme Herausforderung, aber wieder kam kein Wort von ihren Lippen. Da mischte sich der Anwalt Fernandes, der Klägerin, ein. Er hüpfte nach vorn und erklärte:

»Sie sind Schwestern, Herr Vorsitzender.«

Am frühen Morgen waren die beiden aus ein und demselben Haus in Saint-Mesmin zum Kirchplatz aufgebrochen, wo der Bus wartete. Oder besser gesagt, jede von ihnen war aus ihrem Haus aufgebrochen, denn das Gebäude war seit Jahren zweigeteilt, und jede Schwester hatte einen eignen Eingang und drei Fenster zur Straße. Sie waren auf der jeweils andern Straßenseite gegangen und hatten sich auf dem Platz mit ihren sonntäglich herausgeputzten Zeugen getroffen, die sich untereinander nun plötzlich nicht mehr zu kennen schienen. Wer sie während der Busfahrt beobachtete, mußte sich wirklich fragen, welch ein Abgrund, welch eine Eisfront diese beiden älterwerdenden Frauen trennen mochte, deren Blicke sich nicht ein einziges Mal kreuzten.

»Alphonsine Sirouet, bitte setzen Sie sich auf Ihren Platz ... die Klägerin und ihre Zeugen ...«

Der Anwalt, der seit Jahren Rechtsberater Fernandes war, spielte den Zeremonienmeister und stellte die Akteure nach dem Ritus auf.

»Sie werden beschuldigt, am 1. Januar einen Schmortopf zu Fernande Sirouet, ihrer Nachbarin, und wie ich jetzt höre, ihrer Schwester, hinübergeworfen zu haben ...«

Alphonsine, die man immer Fonsine genannt hatte, schüttelte gequält den Kopf.

»Ihr Garten und der Garten Ihrer ... Schwester, denn es handelt sich ja sehr wohl um Ihre Schwester, was, unter uns gesagt, Ihr Handeln noch unverständlicher macht ..., also Ihre beiden Gärten sind durch eine gemeinschaftliche Grenzmauer von ...«

»Zwei Meter zehn«, warf der Anwalt Fonsines ein, um dem Vorsitzenden zu Hilfe zu kommen, der in seinen Akten wühlte. Die Zahl schien eine gewisse Bedeutung zu haben, denn er betonte sie mit boshafter Freude.

»Zwei Meter zehn, gut ... Der Schmortopf traf die Klägerin am Kopf, wodurch sie eine Quetschwunde an der Kopfhaut erlitt ...«

Der Anwalt grinste, spielte auf seiner Bank eine kleine Komödie, die für die wenigen Eingeweihten sehr komisch sein mußte.

»Geben Sie diese Tatsachen zu?«

»Nein, Herr Vorsitzender.«

»Aber, entschuldigen Sie, ich sehe, daß Sie vor dem Untersuchungsrichter zugegeben haben ...«

»Ich habe den Kochtopf geworfen, einen alten Kochtopf, der durchlöchert war wie ein Sieb, nicht einen Schmortopf ... Ich weiß nicht, warum hier dauernd von einem Schmortopf die Rede ist ...«

Der Vorsitzende wandte sich Fernande zu, die sich von der Bank erhob.

»Es war ein Schmortopf«, bestätigte sie. »Ein gußeiserner Schmortopf, wie alle Schmortöpfe ...«

Der Staatsanwalt döste hinter seinem Pult aus hellem Eichenholz. Die Beisitzer hörten nur mit halbem Ohr zu und ließen ihre Blicke über die mehr als sechzig Leute schweifen, die hinter der Absperrung saßen und fast alle darauf warteten, als Zeugen aufgerufen zu werden.

»Man könnte«, schlug der Verteidiger Fonsines vor, »dazu vielleicht den Feldhüter von Saint-Mesmin hören, den unsere Gegnerin aus mir unbekannten Gründen mitbrachte. Er hat ein Geschäft für Haushaltswaren ...«

Nun erhob sich ein fideler, großgewachsener Bursche.

»Man kann eigentlich nicht sagen, daß es ein Schmortopf war, wegen der Form ... andererseits ... vielleicht könnte man sagen, es war ein Kochtopf, ein gußeiserner Kochtopf ...«

»Also, um es kurz zu machen, ein schwerer Gegenstand ... Konnte man Ihrer Meinung nach mit diesem Kochtopf oder diesem Schmortopf jemanden schwer verletzen?«

Wieder mischte sich der Anwalt ein, diesmal mit schneidender Ironie:

»Sofern man diesen jemand traf, wohl schon ...«

»Ich verstehe Sie nicht! Es ist doch bereits erwiesen, daß die Klägerin ...«

»... von dem Topf nie getroffen worden ist. Genau das möchte ich ja nachher beweisen.«

Frohlockend setzte er sich wieder.

»Also jetzt einmal der Reihe nach ... Alphonsine Sirouet ... Stehen Sie auf. Geben Sie zu, einen Kochtopf über die Mauer geworfen zu haben, die Ihren Garten vom Garten Ihrer Schwester trennt?«

»Ich gab nur Cäsar, was des Cäsars.«

»Was erzählen Sie da?«

»Ich meine, daß dieser Kochtopf in meinen Garten geworfen worden war und daß ich ihn nur dorthin zurückwarf, woher er gekommen war. Eine gewisse Person hat, wie Ihnen alle ehrenwerten Leute aus dem Dorf bestätigen werden, seit langem die Gewohnheit, ihre Abfälle in meinen Hof und meinen Gemüsegarten zu werfen. Es war also mehr als berechtigt ...«

»Wollen Sie damit behaupten, Sie wußten nicht, daß Ihre Schwester sich hinter der Mauer aufhielt?«

»Diese Person befand sich nicht da.«

Wie sollte der Vorsitzende, der weder die Schwestern Sirouet noch das Haus an der Ecke der Hauptstraße, ja noch nicht einmal Saint-Mesmin kannte und der noch nie etwas von Antonin Brécard gehört hatte, wie sollte ein solcher Mann sich in einer solchen Angelegenheit zurechtfinden?

Die Rechtsvertreter würden später natürlich versuchen, ihm den Vorgang zu erklären, der Anwalt Fernandes und der Verteidiger Fonsines, aber jeder würde die Sache natürlich aus seiner Sicht darstellen und sich nicht die Mühe machen, das Problem bei der Wurzel anzupacken.

Um das Problem nämlich bei der Wurzel anzupakken, hätte man bis zur Erstkommunion der beiden Schwestern zurückgehen müssen, denn diese hatten sie zusammen gefeiert. Fernande, die zwei Jahre älter war, hatte warten müssen, bis die Jüngere so weit war, denn ihr Vater war so geizig und stur, daß er nur eine einzige Feier zahlen wollte.

Fernande steigerte sich während dieser zwei Wartejahre in immer größere Wut hinein, die auch noch in den darauffolgenden Monaten nicht nachließ, ja bis zur Firmung andauerte. Fonsine ihrerseits ärgerte sich auch immer mehr, denn sie wurde mit den Jahren älter und mußte dauernd die alten Kleider Fernandes auftragen.

Als die Mutter starb, mußte Fernande als die Ältere dem Vater den Haushalt führen, während Fonsine in Fontenay eine Schneiderlehre machen durfte, was ungerecht war.

Sie waren wohlhabend. Der alte Sirouet betrieb einen Viehgroßhandel und war dem Weißwein und dem Essen sehr zugeneigt. Es war ihm nie in den Sinn gekommen, daß seine Töchter sich verheiraten würden, denn nachdem er Witwer war, galt es für ihn als ausgemacht, daß mindestens eine ihm den Haushalt führte, welche, war ihm egal, sollten sie sich untereinander einigen.

Gerade dies aber taten sie nicht.

»Die Älteste heiratet immer zuerst, also werde ich ...«

»Von wegen! Wenn die Mutter stirbt, nimmt die Älteste ihren Platz ein und bleibt im Haus. Also werde ich ...«

Schließlich heiratete aber keine von beiden – aus dem einfachen Grund, weil niemand um ihre Hand anhielt.

Die Ältere war dreißig, die Jüngere 28 Jahre alt, als ein neuer Lehrer nach Saint-Mesmin kam. Dieser war schon stolze 45 Jahre alt und, was sein Äußeres betraf, außerordentlich nachlässig, ja er mißachtete die fundamentalsten Regeln der Sauberkeit. Er hieß Brécard, Antonin Brécard, und schien sich sehr schnell für eine der beiden Sirouet-Töchter zu interessieren. Die Frage war nur, für welche. Das wußte keiner genau.

Schließlich heiratete er Fonsine. Auf gut Glück, wie die Leute sagten. Weil die Schwester ihn auf die verwerflichste Weise eingewickelt hatte, wie Fernande behauptete.

Tatsache war jedenfalls, daß Fonsine das Vaterhaus verließ und zwei Jahre lang mit ihrem Mann im Schulhaus wohnte. Es war also unbestreitbar, daß sie aus freiem Willen aus dem Haus ihres Vaters weggezogen war, oder vielleicht nicht?

Als aber dann ihr Mann ungefähr um dieselbe Zeit starb wie der alte Sirouet, den der ortsübliche Weißwein schließlich doch ins Grab gebracht hatte, was tat Fonsine dann, Fonsine, die doch *aus freien Stücken das Elternhaus verlassen und sich um die Pflege des Vaters nicht gekümmert, ja ihn buchstäblich seinem*

Schicksal überlassen hatte? Sie erhob den Anspruch, wieder ins Haus zurückziehen und es zumindest gleichberechtigt mit Fernande zu bewohnen.

Wie viel Zeit war seither vergangen? Fast zwanzig Jahre, achtzehn genau.

Seither also lebten die beiden Schwestern in denselben Mauern, in denen sie geboren waren. Nur war das Haus, das zum Glück rechteckig gebaut war, in der Mitte geteilt worden. Die Teilung war im Beisein zweier Gutachter sowie von Rechtsberatern erfolgt. Es gab da natürlich Räume, an denen beide Schwestern gleichermaßen hingen und die man nicht in der Mitte durchteilen konnte, wie etwa die Küche mit dem großen Steinkamin. So hatte man das Los entscheiden lassen und danach einen zweiten Eingang, eine zweite Treppe eingebaut und Zwischenwände errichtet.

Kurz gesagt, es gab jetzt zwei Häuser, und damit darüber kein Zweifel aufkommen konnte, hatte Fonsine ihre Seite der Fassade blaßblau tünchen lassen, während Fernande die ihre in der schmutzigen Steinfarbe beließ.

Wohlgemerkt hatten sie nie mehr ein Wort miteinander gewechselt. Sie kannten sich einfach nicht. Und wenn sie sich zwanzigmal am Tag begegneten, so waren sie zwanzigmal am Tag nur Luft füreinander.

Fernande hatte einen Anwalt in Pouzauges, Fonsine einen Rechtsberater in Fontenay, und über diese fanden die unvermeidlichen Kontakte statt.

Wieviele Geschichten hatte es in all der Zeit gegeben! Unzählig allein die vergifteten Katzen, derenthalben die beiden vor den Friedensrichter gezogen waren.

Dann hatte es etwa zwei Jahre lang die Phase der anonymen Briefe gegeben. Ganz Saint-Mesmin wurde damit bedacht, so daß sich schließlich der Pfarrer dazu veranlaßt sah, mahnende Worte von der Kanzel zu sprechen, denn Dritte wurden mit hineingezogen, Ehemänner beschuldigt, sich in dem einen oder dem anderen Teil des Hauses den wüstesten Ausschweifungen hinzugeben.

Keine der beiden Schwestern Sirouet hätte sich auch dazu herabgelassen, im selben Geschäft einzukaufen wie die andere, jede von ihnen hatte ihr bestimmtes Lebensmittelgeschäft, ihren Metzger und Bäcker.

»Ich trage doch nicht mein Geld zu Kaufleuten, die sich nicht zu schade sind, jeden hergelaufenen Kunden zu bedienen ...«

Dann die Geschichte des Waschplatzes ... Durch den unteren Teil des nunmehr zweigeteilten Gartens floß ein Bach, am Ende eines jeden Gärtchens war aus ein paar Brettern ein Waschplatz eingerichtet worden. Vollkommene Gerechtigkeit ließ sich aber nicht herstellen, da der Bach beharrlich in seinem alten Bett floß, daher kam, um es kurz zu machen, das Wasser zu Fonsine erst, nachdem es bereits bei der Schwester durchgeflossen war. Fernande lauerte nun immer darauf, daß Fonsine waschen wollte, um dann am selben Tag ebenfalls zu waschen, so daß Fonsine immer nur das von »dieser Frau« verschmutzte Wasser bekam.

Es kam vor, daß sie nachts aufstand, nur um ihre Wäsche in sauberem Wasser waschen zu können. Aus Rache kaufte Fernande dann große Tintenfässer bei der Gemischtwarenhändlerin und kippte sie ins Wasser, wenn ihre Schwester Wäsche einweichte. Das war bewiesen, sogar, daß sie zu der Krämerin gesagt hatte:

»Haben Sie nicht alte Tinte ... es macht nichts, wenn sie schon ein wenig eingetrocknet ist ... ich brauche sie nicht zum Schreiben ...«

Über die Mauer wiederum, die doch immerhin zwei Meter zehn hoch war, flogen Tag für Tag die verschiedensten, meist abscheulichen Gegenstände in beiden Richtungen hin und her: alte Schlappschuhe, gebrauchte Watte, krepierte Ratten, zerschlagene Nachttöpfe ... weiß der Himmel, wo die beiden Frauen – wahrscheinlich bei Nacht – all diese Dinge zusammenklaubten.

Jetzt standen sie nebeneinander, die blasse, harte Fernande und die magere, kränklich aussehende Fonsine, beide flankiert von ihren Zeugen, und als der Vorsitzende versuchte, dem Feldhüter ein Stückchen Wahrheit zu entlocken, erklärte dieser mit einer Schlichtheit, die sympathisch wirkte:

»Es sieht vielleicht nicht so aus, aber manchmal habe ich den Eindruck, als sei Fonsine die noch Grausamere ...«

Fonsine, die so zum Erbarmen hustete und eine so bescheidne Art hatte, die Schultern einzuziehen, so als wollte sie in einen Beichtstuhl schlüpfen! Allerdings, der Feldhüter gehörte ja theoretisch zu Fernandes Partei!

»Gut! Sie befanden sich also in Ihrem Garten, als Ihre Schwester ...«

»Jawohl, Herr Vorsitzender.«

»Nein, Herr Vorsitzender«, korrigierte Fonsine mit

sanfter, respektvoller, aber fester Stimme. »Zu dem Zeitpunkt stand sie an ihrer Türschwelle, der Beweis dafür ist, daß die Metzgersfrau, die ich mitgebracht habe, sich mit ihr unterhielt ...«

»Das ist nicht wahr ... Der Klempner, der in seinem Garten arbeitete, hat mich gesehen, wie ich ganz nah an der Mauer ...«

»Sie lügt, daß sich die Balken biegen, das weiß doch jeder! Und was den Klempner betrifft, will ich lieber schweigen, denn ich wüßte da eine Geschichte ...! Befragen Sie doch lieber die Frau des Feldhüters, dann wird man ja sehen, daß ...«

Die Frau des Feldhüters war ziemlich verlegen. Sie hätte gern ausgesagt, aber sie hätte sich auch gern herausgehalten.

»Was wissen Sie über die Geschichte?«

»Genau betrachtet weiß ich eigentlich gar nichts darüber, Herr Vorsitzender.«

Sie wußte nichts, aber sie hatte gehört, daß Fernande zu jemandem gesagt hatte ... Aber was war es eigentlich genau gewesen?

»Daß sie ihrer Schwester die Geschichte mit dem Schmortopf und alle anderen Gemeinheiten heimzahlen und daß sie sie diesmal schon drankriegen würde ...«

»Drankriegen?«

»Na ja, ich weiß auch nicht ...«

»Und sagte sie dies, nachdem der Kochtopf geworfen worden war?«

»Es war fünf Uhr nachmittags ...«

»Also nachher, denn der Kochtopf wurde gegen vier Uhr geworfen ...«

»... Behauptet sie!«

»War Fernande Sirouet zu dem Zeitpunkt verletzt?«

Schweigen.

»Wissen Sie, ob sie verletzt war?«

»Sehen konnte man nichts ...«

Kurz, einigen Zeugen zufolge war Fernande Sirouet von dem Schmortopf – oder Kochtopf – überhaupt nicht getroffen worden und hatte sich nur aus Wut selbst eine Verletzung beigebracht, um eine Gelegenheit zu haben, ihre Schwester vor Gericht zu ziehen.

»Sie brauchen ja nur den Arzt zu fragen ... Er ist anwesend ...«

Der Arzt aber befand sich in noch größerer Verlegenheit als die andern, denn hatten die Schwestern auch jede ihren eignen Metzger und Krämer, so mußten sie notgedrungen denselben Arzt konsultieren.

»Sie haben Fernande Sirouet untersucht, nachdem sie verletzt worden war ... Können Sie uns sagen, ob ...«

Nein, das konnte er nicht. Die Verletzung hätte von dem Kochtopf stammen können, ebensogut aber auch von einem anderen Instrument, einem Hammer zum Beispiel, oder von einem Aufprall auf eine Hausecke ...

Wie? ... Ob die Klägerin sich auf diese Weise selbst hätte verletzen können? ... Warum nicht, möglich war es ... möglich war alles ... Ob das nicht schmerzhaft sei? ... Ein wenig schon ... sogar ziemlich ... aber schließlich ...

Aber schließlich: was bedeutete einer Sirouet schon so ein kleiner, vorübergehender Schmerz im Verhältnis zu der Genugtuung, daß die andere vor Gericht verurteilt, ja vielleicht sogar ins Gefängnis kommen würde?

Das verstehen Sie wohl nicht, Herr Vorsitzender. Sie kommen ja auch aus Poitiers und haben nicht in Saint-Mesmin gelebt. Sie wissen nicht, daß die beiden Schwestern seit zwanzig – pardon, seit achtzehn – Jahren den lieben langen Tag nichts anderes zu tun haben, als ihren Haß zu nähren.

Einen *abgrundtiefen* Haß! Einen Haß, der auch eine Art Liebe war, die Kehrseite der Liebe natürlich, aber doch Liebe . . .

Außerdem waren sie ja auch den andern etwas schuldig: das ganze Dorf verfolgte mit Spannung die Handlungen der beiden Frauen, nahm Stellung für die eine und gegen die andere, pflichtete Beifall oder entrüstete sich!

Welche von beiden hatte die andere zuerst vor Gericht gebracht? Fonsine, oder? Nur hatte sie damals keinen besseren Anklagepunkt gehabt, als daß ein Zaun eingerissen worden war . . . Sie hatte auch, aber ganz vage und ohne Beweise, von gestohlenem Lauch und von Kaninchen erzählt, die eines nach dem anderen eingegangen waren, weil man ihnen verbrecherischerweise schlechtes Gras vorgeworfen hatte, das ihre Bäuche aufblähte . . .

Ihr Vorgänger, Herr Vorsitzender, hat Fernande damals freigesprochen, weil er naiverweise annahm, es könnte zur Versöhnung kommen, denn auch er kannte sich nicht aus . . . Und Fernande, die mit einer mehr oder weniger väterlichen Ermahnung davonkam, empfand es geradezu als Beleidigung, nicht verurteilt worden zu sein, jawohl, so stehen die Dinge!

Bitte meine Liebe, wenn du vor Gericht willst, das kannst du haben, warte nur ab, bis sich mir eine Gelegenheit bietet ...

Und die Gelegenheit bot sich dann mit dem Schmortopf, der vielleicht nur ein Kochtopf war, aber jedenfalls schwer genug, um eine Person am Kopf zu verletzen, auch wenn er diese Person gar nicht traf.

Nun, Herr Vorsitzender, Sie verstehen nicht ganz? Sie wollen die Sache schnell beenden, weil auch noch andere warten. Sie sind nicht besonders stolz auf Ihr Urteil, das Sie verkünden, nachdem Sie sich zu Ihren Beisitzern hinübergeneigt haben:

»Fünfhundert Francs Geldstrafe und die Kosten ...«

Meinen Sie denn wirklich, das Problem auf diese Weise lösen zu können?

In Wirklichkeit gab es dann doch eine Lösung, aber nicht durch das Verdienst des Richters von Fontenay, wahrscheinlich noch nicht einmal wegen einer Fehldiagnose des Arztes, der kurze Zeit darauf sechsmal in einer einzigen Woche in das Haus kam.

Fonsine, schon lange schwach auf der Brust, starb ein paar Tage vor Ostern an Lungenentzündung.

Ihre Schwester nahm davon keine Notiz. Nachbarn hatten sich um die Pflege gekümmert, der Rechtsanwalt um die Beerdigung. Fernande ließ sich dort nicht blicken, ergriff, als sich der Trauerzug aufstellte, die Gelegenheit, ihren Hauseingang aufzuwaschen. Klarer konnte sie nicht ausdrücken:

»Gott sei Dank bin ich die los!«

Ihre Augen blieben trocken, gerade, daß sie an den Rändern leicht gerötet waren, aber ihre Lider waren schon seit langem etwas entzündet. Sie waren sogar der einzige Farbfleck in ihrem aschfahlen Gesicht.

Es kam vor, daß Nachbarinnen sie fragten:

»Trägst du denn nicht Trauer für Fonsine?«

»Ich? Was geht die mich an?«

Eher noch hätte sie sich kanariengelb gekleidet. Die einzige Frage, die sie beschäftigte, war, wer nun das Haus ihrer Schwester kaufen würde. Denn davon, daß sie es erben würde, konnte natürlich keine Rede sein. Das wußte die eine von der anderen schon seit langer Zeit. Wer so großen Haß empfindet, kennt keine größere Sorge, als zu verhindern, daß die gehaßte Person auch noch erben könnte!

Aus diesem Grund hatten die beiden Schwestern ihr Hab und Gut einschließlich des Hauses zur Leibrente ausgesetzt. So besaß auch Fernande jetzt nicht soviel Bargeld, um den Teil des Hauses, der ihrer Schwester gehört hatte und an dem bereits ein gelbes Plakat klebte, das den Verkauf ankündigte, zu kaufen.

Aber selbst diese Tatsache wußte sie für sich auszuwerten. Man sah sie jetzt häufig sorgenvoll, schlechtgelaunt, wie von einem geheimen Kummer verzehrt, und es gab Leute, die diese Tatsache falsch interpretierten und doch wirklich zu ihr sagten:

»Siehst du, es macht dir doch etwas aus!«

»Wem, mir? Daß ich nicht lache! ...«

»Du bist nicht mehr dieselbe, seit Fonsine ...«

»Ach, hör' doch auf! ... Noch nie in meinem Leben

war ich so glücklich ... Wenigstens auf meine alten Tage ist mir noch ein wenig freie Luft zum Atmen vergönnt!«

»Du zermürbst dich ...«

»Ich zermürbe mich, weil die Hälfte meines Elternhauses in fremde Hände kommt und ich nicht weiß, wer hier als Nachbar einziehen wird ...«

Sie zermürbte sich so sehr, daß sie abmagerte und ihr aschfahler Teint immer grauer wurde; Haarsträhnen hingen ihr oft ins Gesicht. Sie hatte zu nichts mehr Lust. Sie ging keiner Beschäftigung mehr nach, zehnmal am Tag überquerte sie die Straße, um das Lebensmittelgeschäft zu betreten, aber nicht etwa, weil sie irgend etwas gebraucht hätte, sondern weil man dort immer jemanden traf, mit dem man reden konnte.

Welch schöne Sommer hatte sie einst in ihrem Garten verbracht, in den sie jetzt keinen Fuß mehr setzte! All das Unkraut, die Schnecken, Maulwurfsgrillen, Flaschenscherben, Steine, die es dort gab und die sie früher so gern über die Mauer geworfen hatte!

Das Haus fand gegen Ende des Sommers einen Käufer, und um Allerheiligen zogen die neuen Eigentümer ein, ein Rentnerehepaar aus der Stadt, ruhige Leute, die keinen Lärm machten, jeden freundlich grüßten, aber sich mit niemandem in längere Gespräche einließen.

Man konnte nichts Nachteiliges über sie sagen.

Es war todlangweilig.

»Es war tödlich.«

»Aber doch wenigstens am Totensonntag, Fernande! ... Ich weiß ja, daß du nicht Trauer trägst für

Fonsine ... aber schließlich gibt es ja auch noch einen lieben Gott ...«

»Ich will nicht einmal wissen, wo sie begraben ist ...«

Und um der Gefahr zu entgehen, vielleicht rein zufällig an dem Grab mit dem gehaßten Namen vorbeizukommen, besuchte sie nicht einmal das Grab ihrer Eltern, das in diesem Jahr kahl blieb, ohne eine Blume.

Im übrigen konnte sie sich zu nichts aufraffen. Manchmal war sie mittags noch nicht gewaschen und trug noch das Nachthemd unter dem Kleid.

»Soll ich dir mal etwas sagen, meine Liebe, du langweilst dich!«

Sie und sich langweilen!

Jemand schenkte ihr eine junge Katze, für die ja jetzt keine Gefahr mehr bestand, daß sie vergiftet würde, aber wie oft vergaß sie, ihr zu fressen zu geben!

Was war nur aus ihr geworden? Ihr Blick wurde immer trüber. Oft hatte sie abends keine Lust, sich etwas zu essen zu machen oder auch nur die Lampe anzuzünden. Die Nachbarn hatten ein Radiogerät, und die Wände, ihre Wände, bekamen davon so etwas wie eine fremde Ausdünstung.

Trauer um Fonsine? Gab es nicht Leute, die sich wunderten, daß sie keine Trauer für Fonsine trug?

Wie lange dauert die Trauerzeit für eine Schwester? Ein Jahr doch, oder?

Aber es wäre sowieso nicht dazu gekommen, daß sie das Trauerjahr einhielt. An Lichtmeß starb sie ganz allein eines Abends im Dunkeln, während die Nachbarn, um sie nicht zu stören, ihre Musik abgestellt hatten und Pfannkuchen buken.

Sie starb nicht an einer bestimmten Krankheit, sondern an allem und nichts, wie ein Tier, das sich langweilt. Und da auch ihr Vermögen als Leibrente ausgesetzt war, gab es niemanden, der von ihr etwas erben konnte, niemanden auch, der in Saint-Mesmin die kalte Flamme des Hasses weiternähren konnte, die die beiden Schwestern Sirouet fast zwanzig Jahre lang am Leben erhalten hatte.

Januar 1945

Ein gewisser Monsieur Berquin

Im Auto, das hinten fuhr, saßen ein Mann – der Sozius eines Anwalts bei den Halles war –, seine Frau und seine beiden Kinder; die Familie befand sich auf dem Weg in ein Dorf bei Elbeuf, um an der Beerdigung einer Tante teilzunehmen. Schon seit ihrer Abfahrt aus Paris regnete es, je mehr sie sich aber der Normandie näherten, desto heftiger wurde der Regen. Der Scheibenwischer ging nur noch ruckartig, stockte manchmal so lange, daß es aussah, als würde er endgültig stehenbleiben, aber dann setzte er sich langsam wieder in Bewegung, lief eine Zeitlang regelmäßig wie ein Metronom hin und her und wischte die Regenschlieren zur Seite.

Die Straße verlief schon seit einer Weile abwärts durch einen dunklen Wald. Immer, wenn ein gerades Stück kam, konnte man die Rücklichter des vorderen Autos sehen. Dieses fuhr nicht besonders schnell. Es hatte ein flottes Tempo, aber man hätte nicht behaupten können, daß es dahinraste.

Gerade, als man ziemlich weit entfernt, vielleicht einen Kilometer weiter vorn, die Rücklichter wieder sehen konnte, schienen diese an einer großen Kurve einen merkwürdigen Haken zu schlagen.

Es bleibt in solchen Augenblicken nicht viel Zeit zum Überlegen. Monsieur Bidus – so hieß der Fahrer des zweiten Wagens – dachte zunächst, daß das erste Auto in der Kurve ein wenig nach rechts geschleudert, aber doch weitergefahren sei. Seine Frau legte ihm mechanisch die Hand auf den Arm.

Eine dichte Regenwand versperrte ihnen den Blick, und sie wären fast vorbeigefahren. Dann aber sahen der Mann und seine Frau im selben Augenblick ein auf dem Dach liegendes Auto im Straßengraben. Der Scheinwerfer brannte noch und beleuchtete das Gras dicht am Boden. Der Anblick, der sich ihnen bot, wirkte irgendwie anstößig, fast unanständig, so wie wenn ein Mann sich die Hose auf den Kopf gesetzt hätte.

»Fahr lieber weiter«, sagte sie, »denk an die Kinder ...«

Aber er hatte schon gebremst und entgegnete:

»Bleib du hier bei ihnen ...«

Als er auf der Straße stand, hörte er die Geräusche des Regens und des noch laufenden Motors seines eignen Autos. Er zögerte. Irgendwie hatte er Angst und rief wie ein Kind im Dunkeln:

»Ist da jemand? ...«

Seine Füße und die Hosenaufschläge wurden naß von dem wuchernden Gras, das im Scheinwerferlicht blaßgrün erschien.

»Kann ich Ihnen helfen?«

Die Stille, deren Wirkung durch den Regen noch verstärkt wurde, hatte etwas Beklemmendes. Monsieur Bidus kehrte zu seinem Wagen zurück, um eine Taschenlampe herauszuholen. Er flüsterte:

»Da antwortet niemand.«

»Was ist los, Papa?«

»Still, schlaft, ihr beiden ... Laßt euren Vater ...«

Als Monsieur Bidus das Auto mit der Taschenlampe ableuchtete, sah er plötzlich auf dem Boden einen Mann sitzen. Dieser Mann blickte Monsieur Bidus an. Er blickte ihn ruhig und geistesabwesend an.

»Sind Sie verletzt?«

Der andre sah ihn unentwegt stumm an, schien fast ungehalten darüber, in seiner besinnlichen Stimmung gestört worden zu sein. Monsieur Bidus ging näher an ihn heran und bemerkte, daß der Kopf des Mannes eine merkwürdige Form hatte und etwas an seinem rechten Ohr herunterhing, wahrscheinlich Haut mit Haaren daran.

»Haben Sie Schmerzen?«

Hörte der Verletzte ihn überhaupt? Er blickte ihn weiterhin vollkommen gelassen an, wie im Traum.

»Warten Sie hier auf mich ... Gehen sie nicht weg ... ich hole Hilfe ... Gibt es noch mehr Leute im Auto?«

Es hat etwas Erschreckendes, ein Auto auf dem Dach liegen und nicht wie gewohnt auf seinen vier Rädern stehen zu sehen. Der Mann mußte ihn doch verstanden haben, denn nach einem Blick auf das Fahrzeug, um das glänzende Glassplitter verstreut lagen, zuckte er mit den Achseln.

»Ich komme gleich wieder ...«

Monsieur Bidus ging zu seiner Frau zurück und murmelte: »Ich glaube, den hat es ziemlich schlimm erwischt ...«

Dann fuhr er langsam weiter, bis er nach kaum zweihundert Metern auf der linken Seite ein Haus entdeckte.

Es war kalt – naß und kalt. Die Bewohner des Hauses rührten sich lange nicht. Aber ein Vorhang hatte sich bewegt. Die Kinder begannen Fragen zu stellen. Endlich kam eine Unterhaltung durch das geschlossene Fenster in Gang.

»Da ist ein Unfall ...«, rief Monsieur Bidus.

»Hatten Sie einen Unfall?«

»Nein ... dort hinten ist ein Unfall ...«

Er mußte schreien. Wieviel Zeit wohl verstrichen war, als endlich die Tür aufging und man in eine kleine Dorfschenke hineinsehen konnte. Vor dem Haus stand eine Benzinpumpe, dahinter lag ein Stall.

»Immer in dieser Kurve!« sagte der Wirt, der aus dem Schlaf geholt worden war, seufzend.

Er kleidete sich an und zog Gummistiefel über.

»Man müßte einen Arzt anrufen ...«

»Das könnte man tun, wenn ich Telefon hätte ...«

Er trank einen Schluck Calvados an seiner eigenen Theke, bevor er vors Haus trat und eine Stallaterne anzündete.

»Hat es Tote gegeben?«

»Es sieht nicht so aus ... Ich kann ja jetzt wohl weiterfahren?«

»Von wegen! ... Sie müssen mir helfen ... Sonst rühre auch ich mich nicht von hier weg ...«

Während sie zur Unfallstelle gingen, redeten die beiden Männer über die Beerdigung der Tante und über all die Autofahrer, denen diese Kurve in den letzten Jahren zum Verhängnis geworden war.

»Da sehen Sie! ... Der sitzt noch immer am gleichen Fleck ...«

Und er hatte noch immer denselben geistesabwesenden Gesichtsausdruck. Nur war sein Gesicht inzwischen blutüberströmt, er schien dies aber nicht zu bemerken.

»Können Sie gehen?«

Er erhob sich ächzend, und man mußte ihn stützen, denn er schwankte.

»Es ist ... es ist ...«, begann er mit einer seltsamen Stimme.

»Schon gut ... Stützen Sie sich auf meine Schulter ...«

Der Mann war nicht mehr ganz jung, eher klein, von untersetzter Gestalt. Er trug tadellose Kleidung.

»He, ihr da! ...«

Eine Stimme hatte ihnen aus dem umgekippten Auto nachgerufen, von dem sie sich gerade entfernen wollten: die Stimme einer Frau.

»Wollt ihr mich vielleicht hier sitzen lassen, wie? Und der Angeber da sagt kein Wort und will einfach abhauen?«

Mit diesen Worten streckte die Frau ein langes Bein durch die Autotür heraus, ihr Seidenstrumpf war blutbefleckt, ebenso das Kleid.

»Zerrt doch nicht so heftig ... nicht so ... merkt ihr denn nicht, daß ihr mir wehtut?«

Als man sie aus dem Auto herausgezogen hatte, versuchte sie, aufrecht zu stehen. Sie kippte um und schimpfte:

»Scheiße, ich muß mir etwas gebrochen haben ...«

Den Kindern zuliebe hatte die Frau, die die kleine Bauernschenke führte, die Familie ins Haus gelassen. Sie hatte flachsblondes Haar, helle Augen, riesige weiche Brüste. Mit matter Stimme sagte sie:

»Das geht hier Woche für Woche so ...«

Die beiden Männer trugen die Frau herein, die bei vollem Bewußtsein war und pausenlos auf sie einredete. Der Mann folgte ihnen. Die Kopfhaut hing ihm an einem Ohr herunter, und das ganze Gesicht war blutüberströmt. Noch immer bewegte er sich wie ein Schlafwandler und schien nicht zu bemerken, was rings um ihn her vor sich ging.

»Seht nicht hin, Kinder ...«

Wieder kam die Rede auf die Beerdigung, derenthalben die Bidus weiterfahren mußten. Aber zuerst sollten sie den Arzt holen, der sechs Kilometer entfernt abseits der Hauptstraße wohnte – man mußte rechts in eine Nebenstraße einbiegen und einen Abstecher von einem Kilometer machen. Seit er sich ein paarmal umsonst an den Unglücksort begeben hatte – die Verunglückten waren inzwischen weitergefahren –, ließ er sich nur noch schwer überreden, herzukommen.

»Ich verspreche Ihnen, daß ich ihn überzeugen werde ... notfalls bringe ich selbst ihn her.«

Die junge Frau – denn es war eine junge Frau – hatte am ganzen Körper Schürfwunden, vielleicht auch ein paar Knochenbrüche und innere Verletzungen. Als man ihr zur Stärkung ein Glas Calvados einschenken wollte, winkte sie ab:

»Bloß nicht ... Ich habe mit dem da schon genug getrunken ...«

Die Bidus machten sich auf den Weg. Zuerst bogen sie falsch ab, schließlich aber fanden sie den Arzt doch. Danach nahmen sie ihre Fahrt wieder auf. Die Kinder, die auf dem Rücksitz saßen, waren durch das Erlebnis ganz aus dem Häuschen geraten, und Madame Bidus sagte alle zwei Minuten:

»Du fährst zu schnell, Victor ...«

In der Schenke mußte man auf Geheiß des Arztes heißes Wasser bereiten. Die Frau fiel in Ohnmacht, als ihre Wunden vernäht wurden. Der Mann bekam einen Verband um den Kopf, man brachte ihn zu Bett, und er schlief ein, oder vielleicht begann auch schon das Koma, genau konnte man das nicht wissen.

Man hatte beide zusammen in ein Bett gelegt, das Bett des Wirtes und der Wirtin, das noch lauwarm von deren Körpern war.

»Vor morgen früh kommt kein Krankenwagen aus Elbeuf ... Behalten Sie sie so lange hier ... Mehr kann ich jetzt nicht tun ... von zu Hause aus werde ich bei der Gendarmerie anrufen ...«

Im Hause, wo es nach Schenke und Stall roch, brannten nur ein paar ganz schwache Glühbirnen.

»Meinen Sie, er hat einen Schädelbruch?«

»Das werden wir ja morgen früh sehen ... Vorerst sollen sie schlafen ...«

Der Arzt fuhr mit seinem kleinen Auto durch den dichten Regen davon. Die Wirtin legte sich zu ihrer ältesten Tochter ins Bett, während der Wirt in einem Sessel einnickte. Um zwei Uhr morgens klopfte jemand an die Fensterläden. Es waren zwei Gendarmen auf dem Fahrrad, denen man als erstes einmal zwei Calvados einschenken mußte, denn sie hatten blaugefrorene Lippen und ein regenüberströmtes Gesicht, und ihre Schuhe hinterließen Bäche auf dem Fußboden.

»Hat er seinen Namen genannt?«

»Er hat kein Wort gesagt . . .«

Der Mann schlief, sein Kopfverband sah aus wie ein orientalischer Turban.

»Er stinkt nach Alkohol . . .«, bemerkte einer der Gendarmen, der gerade zwei große Gläser geleert hatte.

»Das kann schon sein, wir haben ihm einiges eingeflößt, als er hier ankam . . .«

Man durchsuchte seine Taschen und fand eine Brieftasche und einen Personalausweis auf den Namen Joseph Berquin, Geometer und Landvermesser aus Caen, Calvados.

Die Gendarmen fuhren der Ordnung halber bis zu dem umgekippten Auto weiter, sahen es sich an, schrieben die Nummer in ein Notizbuch, dessen Blätter vom Regen aufgeweicht waren.

Dann gingen sie.

Der Wirt, der todmüde war, streckte sich neben seiner Frau aus, so daß sie jetzt zu dritt in dem Bett lagen. Die Tochter hatte sich von dem ganzen Durcheinander nicht im Schlaf stören lassen.

Im Schlafzimmer hatte man nur eine alte Petroleumlampe brennen lassen, die immer bei Krankheitsfällen benutzt wurde.

Alle lagen nun im Tiefschlaf. Der Arzt hatte sich

nach seinem Anruf in Elbeuf und bei der Gendarmerie wieder schlafen gelegt. Einer der Gendarmen, der sein Gehalt durch Informationen an das Lokalblatt etwas aufbesserte, hatte dem *Nouvelliste* die neueste Nachricht durchgegeben.

Wieviel Uhr mochte es gewesen sein, als der Mann wieder zu sich kam? Vermutlich zwischen vier und fünf Uhr morgens. Wie lange hatte er wohl in dem unbekannten Bett, in dem eine schlafende Frau lag, gesessen und versucht, sich in einer Umgebung zurechtzufinden, die ihn gewiß erschreckte? Dachte er dabei an ein anderes Zimmer, in dem er jetzt hätte sein müssen, an ein anderes Bett, eine andere Frau, die von Rechts wegen neben ihm unter der Decke hätte liegen müssen?

Gewiß ist nur, daß er keinen Lärm machte. Im schwachen Schein der Nachtlampe konnte er sich in dem verzerrenden Spiegel unmöglich erkennen, der über der Kommode hing. Falls er sich an den Kopf mit dem unförmigen Verband gefaßt hatte, auf den kein Hut gepaßt hätte, mußte er den Eindruck haben, vollkommen entstellt zu sein.

Jedenfalls gelang es ihm, sich allein anzuziehen, leise die Treppe hinunterzugehen, die zwei knarrende Stufen hatte, und die Kette von der Tür zu nehmen.

Hatte er vor dem Weggehen im Schein der Petroleumlampe noch einen Blick auf die junge Frau geworfen, deren Wangen und Schläfe mit Heftpflaster verunstaltet waren und die im Schlaf unschuldig eine Brust entblößt hatte?

Der Wirt entdeckte die Sache, als er kurz nach fünf aufstand, um seine Kühe zu melken.

»Er ist abgehauen ...«, meldete er seiner Frau und seiner Tochter, die sich gerade anzogen.

Sie weckten die Blonde.

»Hören Sie ... Ihr Mann ist ...«

»Mein Mann?«

»Na, der Mann, mit dem ...«

»Mein Gott, habe ich ein Kopfweh ... Wenn ich doch nur schlafen dürfte ... Lassen Sie mich bloß in Ruhe mit diesem Kerl ...«

Es war besser, die Tochter hinauszuschicken, denn es gibt Dinge, die nicht für die Ohren eines Fräuleins geeignet sind, auch wenn es vorkommt, daß man dieses mit den Kühen zum Stier schickt.

»Kannten Sie ihn denn nicht?«

»Erst seit gestern abend um zehn ... Wenn ich das gewußt hätte! Dabei hatte ich einen guten Zug um elf Uhr dreiunddreißig ...«

Man hatte sie zusammen in ein Bett, in das Ehebett gesteckt!

»Es war in Mantes ... ich hatte noch eine Stunde Zeit bis zu meinem Zug nach Caen, wo ich als Tänzerin im Boule Rouge arbeite ... Ich nahm in einer Kneipe am Bahnhof einen Bissen zu mir, und dort hat dieser Kerl ...«

Es war eine Kneipe mit knallig lila Wänden, einer verzinkten Theke und einem Wirt in Hemdsärmeln gewesen.

»Er war ganz aufgeregt ... Er hatte gerade ein nagelneues Auto aus Paris abgeholt ... Ich glaube, er hatte schon ein paar Gläschen intus ... Als er meinen Koffer sah, fragte er mich, wo ich denn hin wollte, ich sagte, nach Caen ... Ach, warum laßt ihr mich nicht schlafen!«

Sie würde später den Rest erzählen, wenn es schon sein mußte. Frauen, die als Tänzerinnen in Lokalen wie dem Boule Rouge auftreten, kennen sich jedenfalls genau aus, was Männer betrifft.

Er war sehr aufgeregt gewesen, glücklich, geradezu euphorisch wegen des neuen Autos! Und vielleicht auch, weil er endlich einmal ganz allein war.

Wäre er nämlich nicht ganz allein gewesen, wäre er auch nicht in die Kneipe mit den lila Wänden gekommen, sondern ins Bahnhofbuffett oder ein anständiges Restaurant eingekehrt.

Und wenn er nicht ein paar Gläschen getrunken hätte ... Was hatte er ihr eigentlich unterwegs erzählt? ... Alles mögliche ... Wenn man ihm so zuhörte, wirkte er ganz komisch ... Und während der Fahrt führte er sich auf wie ein Schuljunge, so daß sie ständig seine Hand wieder aufs Steuer zurücklegen mußte ...

»Er hat doch ganz schön was abgekriegt ...«, sagte der Wirt, während er seine Kuh in den Stall zog, wo seine Frau und seine Tochter schon dabei waren, ihre Kühe zu melken. »Ich möchte wirklich wissen, wohin er gegangen ist ...«

Sie erfuhren es etwas später. Der Mann mit seinem großen Kopfverband war ganz allein die Landstraße entlanggegangen. Zwei Arbeiter aus der Kalkbrennerei waren ihm begegnet, danach ein Eisenbahnangestellter, der mit dem Fahrrad vorüberfuhr. Er ging stur geradeaus in den beginnenden Regentag hinein, ohne jemanden anzusehen.

Sieben Kilometer weiter lag ein Dorf mit einem kleinen Café gegenüber dem Bahnhof, das schon früher aufmachte. Der Zug aus Elbeuf war gerade angekommen, und man hatte einen Stapel druckfrischer Zeitungen auf einem Stuhl abgelegt.

Der Mann saß da. Er trank einen Kaffee »mit Schuß«. Alle Frühaufsteher, die hier ihren Kaffee schlürften, sahen ihn wegen des Kopfverbandes neugierig an, aber er, die Schreckgestalt, saß nur teilnahmslos da und schien niemanden zu bemerken.

»Kann ich eine Zeitung nehmen?« hatte er dann zaghaft gefragt und die Hand auf den Stapel des *Nouvelliste d' Elbeuf* gelegt.

Die Blonde schlief um diese Zeit noch. Der Arzt eröffnete gerade seine Sprechstunde. Ein Krankenwagen hielt am Unfallort.

»Er hat die Zeitung gelesen, danach hat er bezahlt und ist weggegangen. Er ist nach links abgebogen ...«

Wegen des großen weißen Kopfverbandes war es leicht, seine Spur zu verfolgen. Er hatte das Dorf durchquert, war nach links und rechts abgebogen. Er hatte mit niemandem gesprochen. Die Zeitung hatte aus seiner Tasche geragt.

In der Zeitung stand dank der Initiative des Gendarmen ein kurzer Bericht:

Heute nacht wurde ein Auto aus Paris auf halbem Weg nach Méchin aus der Kurve getragen. Der Wagen geriet ins Schleudern und landete auf dem Dach. Dabei wurden zwei Personen aus Caen mehr oder weniger stark veletzt: Joseph Berquin, Geometer und

Landvermesser, und seine Frau, Madame Berquin. Sie fanden Aufnahmen bei ...

Nach dem Krankenwagen kam ein Taxi an den Unfallort. Eine Dame aus Caen saß darin und stellte in einem agressiven und gleichzeitig mißtraurischen Ton Frage auf Frage.

»Wissen Sie genau, daß er in die Richtung ging? ...«

Ob man es nun genau wußte oder nicht, Hauptsache, man wurde diese Frau los. Leute, die etwas Dramatisches erleben, vergessen leicht, daß andere schließlich ihre Alltagspflichten zu erledigen haben, und daß Kühe gemolken werden müssen, ob sich nun ein Autofahrer in der Kurve den Hals brach oder nicht, und dann auch noch abhaute, während alle schliefen.

»Ja, er ist in die Richtung gegangen, Madame ...«

»Er war natürlich betrunken, habe ich recht?«

»Das weiß ich nicht, Madame.«

»Haben Sie denn nicht bemerkt, ob er eine Fahne hatte?«

Die genierte sich ja wirklich nicht. Sie verfolgte ihre Piste entschlossen mit dem Taxi, ließ den Chauffeur ab und zu halten:

»Sagen Sie mir bitte, haben Sie nicht einen Mann gesehen, der ...«

Die Spur des Mannes mit dem Verband war leicht zu verfolgen.

»Ein Typ, der Schiß hatte«, sagte die Blonde im gleichen Augenblick. »Er hatte nicht viel Erfahrung, ich möchte wetten, daß er zum erstenmal eine fremde Frau in seinem Auto hatte ...«

Man suchte weiter nach dem Mann mit dem Mumienkopf, der seit seinem Unfall noch keine zwei Worte gesprochen hatte, wenn man davon absieht, daß er sich einmal einen Kaffee »mit Schuß« bestellte und eine Zeitung kaufte.

Die Gendarmerie hatte die Jagd nach ihm aufgenommen, aber das Taxi Madame Berquins hatte Vorsprung und kam gerade rechtzeitig zu einer Mühle, die fünfhundert Meter vom Dorf entfernt lag, als man dort eine dunkle Gestalt aus dem Fluß zog.

»Das ist er doch ...«, erklärte die Frau.

Und da der Ertrunkene leicht mit den Lidern zuckte, fuhr sie mit veränderter Stimme fort:

»Joseph? ... Joseph ... Hörst du mich? ... Schämst du dich nicht?«

Er stellte sich noch tot bis zum Krankenhaus, wohin er mit dem Krankenwagen gebracht wurde, der nun doch noch seine Funktion erfüllte.

»Später, Madame ... Haben Sie doch Erbarmen und lassen Sie ihn in Ruhe ...«, baten die Ärzte.

Man konnte ja vorerst nicht ausschließen, daß er einen Schädelbruch hatte. Er konnte vorerst noch hoffen, daß er einen Schädelbruch hatte, und er sah die Ärzte fast flehentlich an. Aber er hatte nichts weiter, als, wie es im Bericht hieß, eine Quetschwunde an der Kopfhaut. So daß man ihn seiner Frau zurückgab.

Diese hatte bereits ihren Anwalt in Caen und ihren Versicherungsagenten wegen der Schadensersatzforderungen der Blonden angerufen.

Und wenn später einmal jemand auf diesen Selbstmordversuch durch Ertrinken zu sprechen kam, ihn als Schockhandlung nach dem Autounfall erklärte, erwiderte Madame Berquin stets ganz kategorisch:

»Pst ... Pst ... Sagen wir doch einfach, er hat sich geschämt! ...«

Der Mann mit dem Kopfverband hatte in Wirklichkeit Angst gehabt. Aber er war so vorsichtig, dies nie zuzugeben, sondern er wiegte nur seinen Kopf, der unförmig blieb, hin und her.

Jedenfalls konnte ihm keiner wegnehmen, was er in jener Nacht erlebt hatte.

Und das war schon mehr, als sich viele andere Männer erträumen können ...

28. August 1946

Madame Quatre und ihre Kinder

An jenem Abend gab es eine kleine Verzögerung. Fast sah es so aus, als käme es nicht zu der gewohnten Szene. Nur eine leichte Andeutung, als Raymonde die Schüsseln mit einer fettigen und von zu langem Garen rosa gewordenen Suppe auf den Tisch stellte und jemand, der in der Nähe des Ofens saß, sagte:

»Kürbissuppe!«

Und gerade, weil diese Worte von einem der beiden Tische gekommen waren, die ganz nah am Ofen standen, vielleicht aber auch einfach, weil sie sich irrte, murmelte Madame Quatre, während sie ihren beiden Jungen je eine volle Kelle austeilte:

»Eure Lieblingssuppe, Kinder, Tomatensuppe!«

Sie hatte es gutgelaunt im freundlichsten Ton gesagt.

»Das ist doch Kürbissuppe!« protestierte der Älteste.

Denn Kinder glauben gewöhnlich lieber Fremden als den eignen Eltern.

»Sei still, Jean-Claude.«

»Das ist aber nicht Tomatensuppe, das ist Kürbissuppe!«

»Aber ich sage dir doch, es ist ...«

Inzwischen aber hatte sie selbst probiert und versuchte nun, den Zwischenfall mit dem Befehl zu beenden:

»Bei Tische spricht man nicht!«

Ganz offenbar war sie jetzt wütend. Am liebsten hätte sie sich wohl umgedreht, um zu sehen, ob die Leute sie auslachten. Ganz gewiß dachte sie über ihren Irrtum nach und über die grinsenden Gesichter, die sie im Rücken fühlte an den Tischen, die näher am Ofen standen.

Und als dann plötzlich der seichte Tango aus dem Radio durch wer weiß welche Interferenzen umschlug in ohrenbetäubende schrille Musik, starrte sie wutentbrannt auf den Apparat, als wäre dieser kleine Kasten aus lackiertem Holz mit der schwach erleuchteten Skala, der in der Ecke stand, ebenfalls gegen sie und hätte, nur um sie zu ärgern, diese barbarische Musik eingestellt.

»Was soll denn das?!« schrie sie.

Raymonde, die gerade einen Stapel Teller hereintrug, murmelte, mit einem Augenzwinkern zu den anderen Tischen hin:

»Es ist eben ein alter Kasten ... er verstellt sich dauernd von selbst.«

Die Leute, die nahe am Ofen saßen, hatten glühendrote Wangen von den Hitzewellen, die auf sie zuströmten, ihre Augen glänzten, und es brannte sie an den Beinen. Ein junges Paar war sogar so zynisch gewesen, mit dem Tisch vom Ofen abzurücken, während Madame Quatre, die zwischen dem Fenster mit den undicht schließenden Läden, an denen der Wind rüttelte, und der Tür saß, die alle Augenblicke von der

Anrichte her geöffnet wurde, unter der Puderschicht eine blaugefrorene Nase hatte.

Draußen brandete das aufgewühlte Meer an den Damm, der Wind verfing sich in der Gasse und schlug einen Fensterladen im ersten Stock pausenlos auf und zu, im Speisesaal bullerte der Ofen ohne Unterlaß, die Gäste klapperten mit dem Besteck auf den Tellern.

Es waren nicht mehr als zehn Gäste, die jetzt, mitten im Dezember, im Speisesaal der Pension Notre-Dame in Sables-d'Olonne saßen. Aus dem Radio in der Ecke tönte weiterhin bald gedämpfte, bald lautstarke Musik. Leute, die einander wildfremd waren oder die sich vielmehr nur daher kannten, daß sie ein paarmal im gleichen Speisesaal gegessen hatten, warfen sich nun verständnisinnige Blicke zu, weil sie an den vorangegangenen Abenden die Szenen zwischen Madame Quatre und ihren Kindern miterlebt hatten.

»Heute abend scheint ja nichts los zu sein«, sollten diese Blicke ausdrücken.

»Die Sache mit der Suppe hat ja gut eingeschlagen ...«

»Warten Sie nur ab ... man kann nie wissen ... wenn ihre Nase so blau und ihre Lippen so zusammengekniffen sind ...«

An einem anderen Ort, zu anderer Zeit und vor allem ohne ihre beiden Buben hätte sie vielleicht als hübsch gegolten. Wer weiß, vielleicht hätten einige der anwesenden Herren ihr dann sogar den Hof gemacht. Sie sah gewiß nicht schlechter aus als andere. Ihre Nase war etwas lang und spitz; auch konnten ihre wasserhellen Augen plötzlich ganz starr blicken, und zwar stets dann, wenn Madame Quatre den Verdacht hatte, die Leute machten sich über sie lustig. Daß sie ihre platinblonden Haare in den Nacken fallen ließ wie ein kleines Mädchen, wirkte nicht sehr günstig, auch waren ihre Röcke kurz, allzu kurz, ganz klar. Außerdem trug sie von morgens bis abends einen Pelzmantel, der aussah wie ein Bärenfell und der ihre ellenlangen Beine freiließ.

Doch all das war ja noch kein Grund, auch nicht der lila Teint, den ihre Nase durch den Puder bekam ...

Acht Uhr. Die Uhr mit der Westminsterglocke schlug achtmal. Gleichzeitig erklang aus dem lackierten Radio eine Stimme, die so einschmeichelnd war, daß jeder einzelne sich persönlich angesprochen fühlte:

»Aqui Radio-Andorra ...«

Mittlerweile hatten alle die Hoffnung aufgegeben, daß sich noch etwas ereignen würde. Sie dachten an etwas anderes, waren mit dem Rochenfilet in brauner Butter auf ihrem Teller beschäftigt, stocherten mit der Gabel die dunkelgrünen Kapern auf. Dann, aus heiterem Himmel, eine schallende Ohrfeige, Gepolter von Stühlen: Madame Quatre war aufgestanden und versuchte, den jüngeren ihrer Knaben, der brüllend die Hand vors Gesicht hielt, am Arm hochzuzerren.

»Marsch ins Bett mit dir ... aber schnell ... Hörst du?«

Nein, das war nicht mehr die Stimme von vorhin. Madame Quatre war wütend, japste nach Luft, denn der Junge war mit seinen sieben Jahren schon ziemlich schwer. Sie zog ihn halb hoch, er sah aus wie eine in

Pullover und Skihose gekleidete Gliederpuppe. Er hatte sich mit einem Fuß an einem Tischbein festgehakt, und als sie jetzt ihren Sohn zur Tür zerrte, zerrte sie den ganzen Tisch mit. Alle sahen ihr zu, und alle versuchten krampfhaft, das Lachen zu verbeißen.

Und sie sah die andern an, schamerfüllt und herausfordernd zugleich.

»Ich habe gesagt, du gehst jetzt sofort ins Bett ... Jean-Claude, halt den Tisch fest ...«

Jean-Claude aber, der Ältere, blieb seelenruhig auf seinem Stuhl sitzen und baumelte mit den Beinen, während sich der Tisch immer weiter von ihm entfernte.

Sie war mager, möglicherweise von angegriffener Gesundheit, aber auch fest entschlossen, die Situation zu bewältigen.

»Wirst du jetzt vielleicht ...«

Wieder eine schallende Ohrfeige. Dafür bekam sie einen Fußtritt ab, und wer genau hingesehen hätte, dem wäre nicht verborgen geblieben, daß sie am liebsten losgeheult hätte.

»Wirst du jetzt vielleicht ... Mach die Tür auf, Jean-Claude ...«

Jean-Claude ließ sich tatsächlich herbei, die Tür zu öffnen. Sie packte den Jüngeren, den Feind, wo sie ihn erwischen konnte. Er wehrte sich, er war schon zu kräftig für sie.

»Geh voran ... Los, schneller ...«

Immerhin, die erste Runde hatte sie gewonnen, es war ihr gelungen, ihren Sohn aus dem Raum zu zerren. Jetzt befanden sie sich auf der Treppe, und aus dem Lärm war genau zu entnehmen, daß der Kampf weiterging.

Wenigstens konnte man jetzt im Speisesaal ungeniert lächeln, Blicke wechseln, Eindrücke austauschen. Natürlich ganz leise, denn der ältere Sohn befand sich ja noch im Raum, wo er sich wieder auf seinen Platz am Tisch gesetzt hatte.

Sie würde niemals mit ihnen fertig werden! Weder mit dem Älteren noch mit dem Jüngeren. Und im Grunde war es ja ihre eigne Schuld. Sie wußte einfach nicht, wie man mit Kindern umging. Gewiß, ihre Jungen waren ungezogen, aber waren das nicht alle Kinder? Warum besaß sie nur so gar keine Autorität?

Sie prügelte sich mit ihnen! Sie prügelte sich buchstäblich! Der Kampf auf der Treppe ging weiter.

»Ich habe dir gesagt, du sollst aufstehen ... Hörst du nicht? ... Steh' jetzt sofort auf, sonst ...«

»Bringen Sie uns noch ein wenig Wein, Raymonde ...«

»Sofort, Monsieur, den gleichen?«

Das Abendessen nahm seinen Verlauf. Die so einschmeichelnde Stimme aus dem Radio riet liebevoll, die Mahlzeit unbedingt mit einem blutreinigenden Dragee zu beenden, das in jeder guten Apotheke erhältlich sei.

Du liebe Zeit, was war denn jetzt los? Ein wildes Gepolter hatte genau über ihren Köpfen angefangen, es klang wie eine Verfolgungsjagd und endete mit dem Zuknallen einer Tür.

»Jean-Jacques ... Jean-Jacques ... Mach sofort auf! ...«

Der Lärm kam vom Korridor, von dem das Zimmer Nummer 4, das die Mama bewohnte, und das Zimmer der beiden Jungen, das die Nummer 5 hatte, sowie, genau gegenüber, die Klotür abging.

Einen Augenblick versuchte man, die Geräusche zu orten, bis man begriff: Jean-Jacques war es gelungen, ins Klo zu flüchten und die Tür hinter sich zu verschließen.

»Wenn du nicht so--fort aufmachst!«

Sie rüttelte an der Tür. Sie drohte. Ihre Stimme wurde einschmeichelnd:

»Hör zu, Jean-Jacques ... Wenn du aufmachst, verspreche ich dir ...«

Aber er öffnete nicht. Er rührte sich nicht. Er sagte nichts. Er saß bewegungslos in dem dunklen Raum auf der Brille.

Jetzt begann die Mutter damit zu drohen, daß sie den Schlosser und den Polizeikommissar holen wollte. Der Ältere verließ, weil man vergessen hatte, ihn zu bedienen, oder einfach aus Neugierde den Speisesaal und ging die Treppe hinauf.

»Marsch ins Bett mit dir ...«

»Aber ...«

Wer weiß, ob diese schrille Stimme da oben, die sich immer wieder überschlug wie vorhin die Stimme im Radio, nicht in Wirklichkeit von Schluchzern erstickt wurde, die durch die zugeschnürte Kehle nicht herauskonnten.

»Wenn du deinem Bruder nicht mit so schlechtem Beispiel vorangingest ...«

»Du meine Güte, was für eine Familie!« stöhnte jemand unten.

»Schreckliche Kinder, sie hat überhaupt keine Autorität über sie. Sie weiß überhaupt nicht, wie sie sie behandeln soll, mal ist sie honigsüß, mal teilt sie aus heiterem Himmel Ohrfeigen aus ...«

»Man weiß wirklich nicht, wen man mehr bedauern soll ...«

Nach dem Rochen gab es Koteletts mit Kartoffelpuree und Rosenkohl.

Dann Käse, zum Schluß Äpfel, und während die Gäste dabei waren, die Früchte zu schälen, hörten sie hin und wieder immer noch die Stimme von Madame Quatre vor der Klotür im Korridor.

»Wenn du die Tür öffnest, verspreche ich, daß ich dir nichts tun werde ...«

Das Kind schniefte. Es verging noch einige Zeit. Die Gäste redeten über anderes. Der eine oder andere setzte sich näher an den Ofen oder rückte ein wenig davon ab. Endlich, als man schon nicht mehr mit ihr gerechnet hatte, tauchte Madame Quatre wieder auf, mit erstarrten Zügen und der unter einer neuen Schicht Puder etwas weniger lila durchscheinenden Nase.

Sie blickte mit einem zaghaften Lächeln um sich, oder vielmehr, sie deutete ein Lächeln an, das jeden Moment zu einer Grimasse des Zorns entgleisen konnte. Aber allen Gästen gelang es, ernst zu bleiben und sich mit etwas anderem zu beschäftigen.

»Keinen Rochen«, sagte sie zu Raymonde, die ihr Gedeck auf dem Tisch gelassen hatte. »Was gibt es sonst noch?«

Sie konnte sich nicht enthalten, darüber nachzudenken, daß manche Leute ja wirklich übertrieben und sich in so engem Kreis um den Ofen setzten, daß auch nicht das geringste bißchen Wärme noch für die andern durchdrang. Eben Leute, die nicht froren und hier nur demonstrieren wollten, daß sie ein Vorrecht hatten, etwas Besseres waren als sie, die nur das Zimmer Nummer 4 bewohnte und als letzter Gast in der Pension Notre-Dame eingetroffen war.

Sie hatte aber auch wirklich besonderes Pech. Der Laden, der die ganze Nacht im brutalen Rhythmus des Sturmes geklappert hatte, war natürlich der Laden ihres Fensters gewesen, und sie hatte auf diese Weise bis zum frühen Morgen kein Auge zugetan. Und dann gaben sich die Leute die Klinke in die Hand an der Tür gegenüber, die sie rücksichtslos zuknallten, worauf dann noch jedesmal der Lärm der Wasserspülung folgte.

Ihr Fenster ging natürlich auch nicht aufs Meer hinaus, sondern auf eine mehr oder minder anrüchige Gasse, und jedesmal, wenn sie sich anzog, sah ihr von gegenüber eine alte Frau mit kritischen, ja mißtrauischen Blicken zu. Außerdem hatte ihr Zimmer die dunkelste Tapete des ganzen Hauses, von einer scheußlichen Wanzenfarbe.

Dabei tat sie doch alles, was in ihrer Kraft stand.

»Wasch dich hinter den Ohren, Jean-Pierre ... Laß deinen Bruder in Ruhe ...«

Bitte doch nicht schon am frühen Morgen! Sie wollte heiter sein. Sie begann, ein Lied zu singen.

»Singt mit mir, ihr beiden ...«

Und die Pensionsgäste, die sie nun singen hörten,

warfen sich ebensolche Blicke zu wie sonst, wenn Zank zu hören war. Die drei sangen jetzt aus voller Kehle. Sie, die Mutter, sang wie ein kleines Mädchen. Sie umarmte ihre Kinder, balgte sich mit ihnen liebevoll auf dem Bett.

»Sur le Pont d'Avignon ...«

Jetzt tanzten sie sogar, jawohl, sie tanzten in dem unaufgeräumten Zimmer zwischen Bett und Toilettentisch umher. Dann knallte eine Tür zu. Oh, diese Türen ...

»Jean-Claude, wohin gehst du?«

Sie zog ihr Bärenfell an, setzte einen ganz lächerlichen Hut auf, wie man ihn vielleicht in Paris trug, aber doch nicht mitten im Winter in Sables d'Olonne. Dazu unglaublich hohe Absätze, durch die ihre langen Beine wirkten wie auf Stelzen. Siehe da, nun gingen sie alle drei untergehakt in den Sprühregen hinaus. Sie wandte sich mit Triumph in den Augen zurück zur Pension Notre-Dame, sollen diese blöden Leute, die sich über sie und ihre Kinder lustig machten, sie nur sehen!

Nach einer Weile kam einer der Jungen mit knallroter Backe allein zurück und schloß sich in seinem Zimmer ein. Eine Viertelstunde später erschien die Mutter:

»Wo ist Jean-Claude?«

»Er ist oben ...«

»Und Jean-Pierre?«

»Den haben wir nicht gesehen, war er nicht mit Ihnen zusammen?«

Sie ging hinauf.

»Weiß du nicht, wo dein Bruder ist, Jean-Claude? ... Mach die Tür auf! Geh deinen Bruder suchen ...«

In guten Augenblicken lächelte auch sie, wie jeder andere. Vielleicht war ihr Lächeln aber nie so ganz voll, sondern immer nur zaghaft wie die Märzsonne zwischen zwei Regengüssen. Ist aber nicht gerade eine solche Sonne besonders mild?

Mindestens zehnmal am Tag fanden sich die Pensionsgäste im geheizten Speisesaal ein, denn die Zimmer waren ungeheizt.

Sie begrüßten sich, redeten ein paar Sätze miteinander, tauschten Bücher oder Zeitschriften aus. Warum aber verstummten sie plötzlich oder wechselten das Gesprächsthema, wenn sie eintrat?

In einem solchen Augenblick verschwand ihr Lächeln natürlich sofort von den Lippen, die Nase wurde länger, die Lippen schmaler, sie ergriff irgend etwas zum Lesen und setzte sich mit übergeschlagenen Beinen in eine Ecke.

Eines Abends hatte sie sich auf diese Weise um halb acht ganz nahe an den Ofen gesetzt. Raymonde deckte die Tische, aber es wurde noch nicht serviert, und außerhalb der Mahlzeiten stand dieser Tisch jedermann zur Verfügung.

Sie las. Sie sah sehr wohl, daß die übrigen Pensionsgäste sich nun an ihren Tischen niederließen. Auf einem Tisch dampfte schon die Suppe. Das junge Paar, dessen Platz sie besetzt hielt, hatte sich ebenfalls eingefunden. Es stand ratlos da und wagte nichts zu sagen.

Man beobachtete sie. Raymonde belauerte sie geradezu, denn sie wollte das Essen auftragen. Das junge Paar wußte nicht, was tun.

Sie las absichtlich weiter. Warum sollte denn immer sie den ersten Schritt tun?

»Jean-Pierre ... Jean-Paul, kommt her, Kinder ...«

Sie war außerordentlich zärtlich, preßte die beiden an ihre Knie, an die Brust, an ihre Wangen.

»Nun, war es schön heute? ... Wo ist dein Buch, Jean-Claude?«

Sie hielt es durch bis zwanzig vor acht. Erst dann erhob sie sich.

»Zu Tisch, Kinder!«

Trotz allem blieb etwas später die Szene nicht aus, als Jean-Claude seine Lauchsuppe nicht essen wollte. Lange hatte sie ihn ganz leise mit ungewohnter Diskretion inständig darum gebeten. Dann riß ihr aber wie üblich ganz plötzlich der Geduldsfaden. Sie packte ihren Sohn an der Nase, wie man einen Topf am Henkel packt, bog seinen Kopf zurück und befahl ihm, dessen Nasenflügel sie zuklemmte, den Mund offenzuhalten, in den sie ihm die Suppe Löffel um Löffel einflößte.

Sie kassierte eine Reihe von Tritten ans Schienbein, ohne mit der Wimper zu zucken. Das Kind trug Holzpantinen. Als sie dann an dem Abend, nachdem ihre beiden Söhne eingeschlafen waren, wie gewöhnlich wieder herunterkam, konnte man an ihren Beinen unter den Strümpfen blaue Flecken sehen.

Manch einer hielt sie für ein wenig verrückt, zumindest für nicht sehr ausgeglichen.

Sie war jetzt trotz der Winterzeit, trotz des schlechten Wetters schon einen ganzen Monat da und machte auch keine Anstalten, bald aufbrechen zu wollen, obwohl doch alles hier sehr unerfreulich für sie war: das Zimmer gegenüber vom Klo, die Zimmermädchen, die sich über die von den Jungen verursachte Unordnung beklagten, Raymonde, die behauptete, durch sie nur Scherereien zu haben – jeder, selbst die Dinge waren gegen sie. Es fing grundsätzlich genau in dem Augenblick zu regnen an, wenn sie hinausgehen wollte, der Wind steigerte sich zum Sturm, wenn sie Migräne hatte, die Zeitung war immer in dem Moment nicht aufzutreiben, wenn sie sie einmal lesen wollte, und sogar ihr Buch, das einzige, das man je in ihren Händen sah und das sie in winzigen Abschnitten las, so daß sie auf diese Weise gewiß für den ganzen Winter Lesestoff hatte, ausgerechnet dieses Buch hatte die Katze arglos zu zerfetzen begonnen.

Eines Morgens teilte man ihr mit, es sei ein Brief für sie da. Als man ihn dann aber suchte, stellte sich heraus, daß er versehentlich in ein anderes Zimmer gebracht worden war, und nun mußte man die Rückkehr des Herrn aus Nummer 2 abwarten. Ein Glück noch, daß dieser den Umschlag nicht einfach aufgerissen hatte, ohne auf die Adresse zu achten.

Sie überflog ihn mit einem kurzen, scharfen Blick.

»Seid lieb, Kinder ...«

Dann ging sie in ihr Zimmer hinauf, wo man sie eine Stunde lang hin- und hergehen hörte. Schließlich mußte sogar jemand hinaufgehen und sie fragen, ob sie denn nicht zum Essen kommen wollte.

Sie kam mit einer noch dickeren Schicht Puder im Gesicht als gewöhnlich, mit noch starreren Augen, diesen Augen, aus denen manchmal Angst sprach, die manchmal aber auch auf geradezu groteske Art scharf blicken konnten.

»Madame Benoît ... ich möchte Sie um einen Gefallen bitten ...«

Sie sprach absichtlich und wie zum Trotz vor allen anderen mit der Wirtin.

»Ich muß auf einen Sprung nach Paris fahren ... Könnte ich meine beiden Jungen für zwei, drei Tage bei Ihnen lassen ... Ihr werdet doch brav sein, Kinder?«

»Warum nimmst du uns denn nicht mit?«

»Das lohnt sich nicht für die kurze Zeit ...«

»Bringst du uns Spielsachen mit?«

»Wenn ihr schön lieb seid, bringe ich euch Spielsachen mit.«

»Einen Karabiner mit echten Kugeln?«

»Ja, einen Karabiner ...«

»Und eine Maschinenpistole?«

»Seid still, ich rede mit Madame Benoît ...«

»Aber gewiß, Madame, lassen Sie sie ruhig hier ...«

Um elf Uhr abends, als ihre Kinder schliefen, fuhr sie ab.

Sie nahm keinen Koffer mit, nur eine kleine Handtasche.

»Sie werden sehen, wie vernünftig die bei mir sein werden«, sagte Madame Benoît seufzend, als sich die Schritte der Mutter weit genug entfernt hatten. »Die sind nur ihretwegen so verrückt. Mit Kindern muß man ...«

Sie redete, redete daher wie ein Buch, sagte abschließend mit Nachdruck:

»Ich bin überzeugt, daß das keine kleinen Teufel sind!«

Als ihr Mann am übernächsten Tag die Zeitung aufschlug, entdeckte er zu seinem Erstaunen auf der ersten Seite ein Bild Madame Quatres. Natürlich hieß sie nicht so, man hatte sie nur Madame Quatre genannt, weil sie das Zimmer Nummer 4 bewohnte.

Da stand sie, mit ihrem spitzen, hohen Hut, das Bärenfell umgehängt, mit ihren langen Beinen auf einem Gang vor einer Tür, die ein Gendarme gerade öffnete.

»Die erste Frau des Apothekers von Riom hat gestern nachmittag ausgesagt.«

Niemand hatte daran gedacht. Dabei hatte sie sich auf dem Meldezettel als »Madame Martin« eingetragen. Aber es gab ja soviele Martins. Außerdem nannten die Zeitungen auch ihn nicht bei seinem Namen, sondern gewöhnlich sprach man vom Apotheker von Riom!

Der Mann mit dem braunen Bart, der die bestgehende Apotheke der Stadt genau gegenüber vom Justizpalast hatte, der Mann, der sechs oder sieben Frauen – die Untersuchung war noch nicht abgeschlossen, und man rechnete mit Überraschungen – im Keller seines Landhauses eingemauert hatte ...

Sie war seine erste, seine legitime Frau, die das Glück – oder den Mut – gehabt hatte, nach vierjähriger Ehe rechtzeitig mit ihren beiden Kindern fortzugehen.

»Jean-Claude! ... Jean-Pierre!« rief Raymonde die Treppe hinauf.

»Könnt ihr nicht endlich still sein? ... Ich werde es eurer Mutter sagen, wenn sie zurückkommt ...«

Und Madame Benoît rang eine Weile nach Atem, während sie auf die Tür starrte, durch die jeden Augenblick die beiden Söhne des ... die beiden Söhne des ...

»Mein Gott! ...«, seufzte sie dann und legte die Hände zusammen.

Januar 1945

Hinweis

Les petits cochons sans queue (1946) erschien erstmals in Buchform 1950, Presses de la Cité.

Sous peine de mort (1946) erschien erstmals in Buchform 1950, Presses de la Cité.

Le petit tailleur et le chapellier (1947) erschien unter dem Titel »Blessed are the Meek« in englischer Sprache und wurde mit dem amerikanischen Ellery Queen-Preis für die beste Kriminalgeschichte ausgezeichnet. Die französische Übersetzung der englischen Fassung erschien unter dem Titel »Bénis soient les humbles« 1949 im *Mystère Magazine*. In Buchform erschien diese Erzählung erstmals in dem Band »Maigret et les petits cochons sans queue«, Presses de la Cité, 1950.
Wir veröffentlichen hier eine Übersetzung der französischen Originalfassung, die sich von der englischen nicht unwesentlich unterscheidet.

Le deuil de Fonsine (1945) erschien erstmals in Buchform in dem Band »Maigret et les petits cochons sans queue«, Presses de la Cité, 1950; 1954 in dem Band »Le bateau d'Emile«, Gallimard, und 1963 in dem Band »La rue aux trois poussins«, Presses de la Cité.

Un certain Monsieur Berquin (1946) erschien erstmals in Buchform in dem Band »Maigret et les petits cochons sans queue«, Presses de la Cité, 1950.

Madame Quatre et ses enfants erschien erstmals als Teil des Vorabdrucks des Bandes »Les petits cochons sans queue«, 1939–1951.

Edgar Allan Poe im Diogenes Verlag

Werkausgabe in Einzelbänden
Herausgegeben von Theodor Etzel
Aus dem Amerikanischen von Gisela Etzel,
Wolf Durian u.a.

Die schwarze Katze
und andere Verbrechergeschichten
detebe 21183

Die Maske des roten Todes
und andere phantastische Fahrten
detebe 21184

Der Teufel im Glockenstuhl
und andere Scherz- und Spottgeschichten
detebe 21185

Der Untergang des Hauses Usher
und andere Geschichten von Schönheit,
Liebe und Wiederkunft
detebe 21182

Die denkwürdigen Erlebnisse des Arthur Gordon Pym
Roman. Mit einem Nachwort von Jörg Drews
detebe 21267

Außerdem liegt vor:

Die besten Geschichten von Edgar Allan Poe
Ausgewählt von Mary Hottinger
Diogenes Evergreens